BASTEI
LÜBBE

Die SPACELORDS
im BASTEI-LÜBBE-Programm:

Wolfgang Hohlbein

Ingo Martin

Spacelord

Operation Mayflower

Bastei Lübbe

BASTEI-LÜBBE-TASCHENBUCH
Band 23 162

Erste Auflage:
März 1995

Lektorat: Reinhard Rohn
Titelillustration: Arndt Drechsler
Umschlaggestaltung:
Quadro Grafik, Bensberg
Satz: Fotosatz Steckstor, Bensberg
Druck und Verarbeitung:
Brodard & Taupin, La Flèche,
Frankreich
Printed in France

ISBN 3-404-23162-7

AUSZUG AUS:

Bontemps, Fitzroy: ›THE HISTORY OF MANKIND‹, Volume VII, Auflage 4.300 AD – mit freundlicher Genehmigung des Autors

Gemessen an den Stärke- und Machtverhältnissen, stellen die Cybertechs eine der einflußreicheren Fraktionen im Gebiet des ehemaligen Imperiums dar. Die Cybertechs, von Mitgliedern anderer Fraktionen bisweilen geringschätzig »Technos« genannt, repräsentieren den Zusammenschluß ehemaliger Reichstechniker, Militärwissenschaftler, Gentechnologen, Logistiker und Waffenspezialisten, denen sich Teile der Überreste des imperialen Heeres und der Flotte angeschlossen haben. Die Initiative zu diesem Zusammenschluß geht zurück auf eine Gruppe hochrangiger Techniker und Militärs um Brigadegeneral Irving B. Machorwski, Reichshaupttechniker Karl-Georg Breithaupt und den Waffenspezialisten Major John Delaware McKinski, die zunächst eigentlich nur retten wollten, was nach dem Zusammenbruch von 3798 A.D. noch zu retten war. Im Jahre 3812 A.D. zogen sie sich mit den wenigen sprungtauglichen Schiffen, die ihnen zur Verfügung standen, nach Schmiedehammer G7 im System Procyon A zurück, einem schon zu imperialen Zeiten zur Raumfestung ausgebauten und noch halbwegs intakten Planeten. Er diente ihnen als Refugium zur Reorganisation und bildet noch heute den Stammplaneten der Cybertechs.

In den nachfolgenden Jahren entwickelte sich aus dem ehemals nur lockeren Zusammenschluß jenes staatsähnliche Gebilde, zu dem die Cybertechs sich heute organisiert haben. Machorwski, Breithaupt und McKinski übernahmen zum größten Teil die alten Strukturen des imperialen Kaiserreiches und machten sie mit wenigen Änderungen zur Grundlage ihrer Gemeinschaft. In einem förmlichen Ernennungsverfahren setzten sich die drei selbst als gleichwertige Oberhäupter ein und bestimmten von nun an als höchste Dreifaltigkeit die Geschicke ihrer Fraktion. Alle drei bilden auch heute noch die Führungsspitze der Cybertechs, obwohl man ihren biologischen Zustand kaum noch als menschenähnlich bezeichnen kann, da die Aufrechterhaltung ihrer Lebensfunktionen nur durch den Einsatz biotechnischer Hilfsaggregate gewährleistet wird (im galaktischen Jargon werden sie auch die drei Patchwork-Herrscher genannt).

Die Ziele und Absichten der Cybertechs lassen sich wie folgt zusammenfassen:

Oberstes Ziel ist die Erhaltung und Verteidigung des konservativen Staatsgebildes, in dem das Andenken an das imperiale Reich fortlebt.

Das oberste Ziel kann nur erreicht werden, wenn die Überlegenheit der Cybertechs in allen technologischen Bereichen gewährleistet ist. Durch ihre Zusammensetzung war es den Cybertechs nach dem Zusammenbruch gelungen, das höchste vorhandene technologische Potential in das neue, dunkle Zeitalter hinüberzuretten. Dadurch wurden sie bis heute in die Lage versetzt, sich der modernsten verfügbaren Ausrüstung zu bedienen und diese ständig weiterzuentwickeln. Natürlich ließ es sich im Laufe der Jahre nicht verhindern, daß so manche technische Neuerung auch ihren Weg zu anderen Fraktionen fand, wozu insbesondere die Freihandelszonen auf St. Petersburg II, Magie Noire und Aladdin beitrugen. Dennoch werden auch heute noch vielfältige technologische Neuerungen in den unterirdischen Laboratorien der Cybertechs entwickelt und gehütet, die den anderen Fraktionen nicht bekannt sind.

Die Bewahrung der bisher genannten Hauptziele der Cybertechs setzt eine räumliche Expansion eigentlich nicht unbedingt voraus. Folgerichtig gehören die Cybertechs zu den wenigen Fraktionen des galaktischen Systems, die in ihrem Ausdehnungsstreben relativ zurückhaltend sind. Nach ihrer Festsetzung auf Schmiedehammer G7 im Jahre 3812 A.D. übernahmen sie innerhalb von zwei Jahren die übrigen bewohnbaren Planeten des Procyon A Systems, errichteten Festungsplaneten in benachbarten Systemen und beließen es ansonsten bei einigen stark befestigten Außenstationen, auf die sie wegen bestimmter Ressourcen angewiesen sind. Von weiteren expansionistischen Bestrebungen der Cybertechs ist nichts weiter bekannt, wenn auch Vertreter anderer Fraktionen bei jeder sich bietenden Gelegenheit das Gerücht verbreiten, die Cybertechs warteten nur auf den Zeitpunkt, an dem sich die übrigen Fraktionen gegenseitig ausreichend dezimiert hätten, um dann die gesamte Galaxis zu überrollen und unter ihre Herrschaft zu bringen.

Nach dem bisher Gesagten könnte man glauben, bei den Cybertechs handele es sich um eine friedfertige, etwas eigenbrötlerische Gruppe von High-Tech-Freaks, um die man sich nicht weiter zu kümmern braucht. Dem sind allerdings zwei Aspekte entgegenzuhalten.

Zum ersten haben die Cybertechs, um ihren Machtbereich zu schützen, bestimmte räumlich sehr weit gefaßte Bereiche des ehemaligen imperialen Gebietes zu ihren Einflußgebieten deklariert. Aufgrund der großen Ausdehnung dieser Bereiche, die natürlich von den anderen Fraktionen auf gar keinen Fall akzeptiert werden kann, kommt es mit unschöner Regelmäßigkeit zu größeren und kleineren militärischen Auseinandersetzungen zwischen den Kontrahenten, wobei sich bereits traditionelle Konfliktherde herausgebildet haben, um die schon seit Jahrzehnten ununterbrochen gerungen wird. Verwiesen sei hier nur auf den siebenjährigen Krieg mit Yoyodyne um den Cryogen-Planeten Sysiphus, dessen eingeborene Bevölkerung heute vollständig ausgerottet ist, oder auf den sogenannten »Generationenkrieg« im Sektor Smily, wo die nukleare »Reinigung« von Fishbowl III durch Yoyodyne für Schlagzeilen sorgte.

Zum zweiten darf der vorprogrammierte Konflikt zwischen den Cybertechs und den Phagon nicht übersehen werden. Zum einen verfolgen beide Gruppen in technologischer, biotechnischer und gentechnologischer Hinsicht gleiche Ziele und sind daher auch auf die gleichen Ressourcen angewiesen. Obwohl sich bereits daraus genügend Zündstoff für militärische Konflikte ergibt, wird das Konfliktpotential noch erhöht durch die andauernde Verletzung der Cybertech-Sphären durch Phagon-Kommandos (vgl. dazu Synfile Phagon).

Zum dritten befinden sich die Phagon in den Augen der Cybertechs mittlerweile bereits auf der Stufe existenzgefährdender Aliens, die es mit allen Mitteln nicht nur fernzuhalten, sondern zu vernichten gilt. Daraus entwickelten sich in den letzten Jahrzehnten die berühmt-berüchtigten Phagon-Raids, bei denen die Cybertechs darauf aus waren und sind, zunächst mögliche verwendbare Technologie-Erkenntnisse an sich zu bringen und anschließend die betreffenden Phagon-Bastionen zu vernichten (oder auch den ganzen Planeten in Schutt und Asche zu legen).

Somit stellen sich die Cybertechs als eine grundsätzlich nicht expansionistische Fraktion dar, die sich dennoch permanent im Kriegszustand befindet.

Die hochtechnologische Ausrichtung der Cybertechs hat natürlich ein hochentwickeltes und ausgefeiltes Militär- und Armeesystem zur Folge, das mit Recht als das bestentwickelte des gesamten galaktischen Systems gilt, ohne daraus eine zwangsläufige ständige Überlegenheit ableiten zu wollen.

Der Grundaufbau einer Cybertech-Armee läßt sich wie folgt darstellen:

Das Kernstück der Armee bilden die Bunkerbrecher, kurz BB-Truppen genannt. Diese Einheiten setzen sich aus hochgerüsteten, mit modernsten Projektil- und Laserwaffen ausgestatteten Berufssoldaten zusammen, die aus den anderen Einheiten unter Gesichtpunkten langjähriger Erfahrung und einer Mindestzahl von Kampfeinsätzen rekrutiert werden. Ihre schweren, teilweise starren Panzerungen erlauben ihnen die Fortbewegung nur noch mit Hilfe ausgefeilter Anti-Grav-Einrichtungen und anderem Cybertech-Equipment. Da sie dadurch nur über einen geringen Grad an Mobilität verfügen, kämpfen sie, obwohl jeder einzelne von seiner Kampfkraft her einem mittleren antiken Panzer vergleichbar ist, im Regelfall nie ohne die Unterstützung leichterer und mittlerer Verbände.

Zur Unterstützung der Bunkerbrecher gibt es in jeder Cybertech-Armee weitere Einheiten schwerer Truppen, die als ASU-Verbände (Assault-Support-Units) oder Wartechs klassifiziert sind. Sie sind etwas leichter gepanzert als die Bunkerbrecher und verfügen daher über einen höheren Grad an Mobilität. Die Waffenausrüstung entspricht bis auf das Fehlen überschwerer Laser der der Bunkerbrecher. Die Wartech-Verbände machen zahlenmäßig den größten Teil einer Cybertech-Armee aus, und aus ihnen werden die Kandidaten für die Bunkerbrechereinheiten ausgewählt. Wartech-Einheiten und Bunkerbrecher bilden im Gefecht eine kompakte, eng kooperierende und sich gegenseitig unterstützende Kampfformation, die ihrerseits wieder durch leichte Truppen abgesichert und begleitet wird.

Die leichten SECS (Security-Screen)-Einheiten bestehen aus höchstmobilen, kaum gepanzerten und nur mit mittleren und leichten Waffen ausgestatteten Verbänden, die die anderen Einheiten im Gefecht abschirmen,

Flankenschutz bieten und Aufklärungs- und Gefechtsfeldsondierungsaufgaben übernehmen. Sie verfügen zu diesem Zweck über eine größere Anzahl von optischen, akustischen und neurophysikalischen Hilfsaggregaten, die in ihre Ausrüstung integriert sind und sie zu speziellen Gefechtsaufgaben befähigen (vgl. Synfile Cybertechnische Neuerungen im biomechanoiden Gefechtsfeld-Aufklärungsbereich).

Die Cybertechs würden nicht »Technos« genannt, hätten sie nicht in Sachen Spezialtruppen noch einige Überraschungen zu bieten. Neben diversen Kampf-, Unterstützungs- und Kommunikationsrobotern, über die allerdings auch andere Fraktionen verfügen, haben die Cybertechs es insbesondere auf dem Gebiet der biomechanoiden Transplantationstechnik zu immensen Erfolgen gebracht, die nur noch von den gefürchteten Laborzüchtungen und Mutationen der Phagon überboten werden. Da die Ausbildung und der Unterhalt eines Wartechs oder Bunkerbrechers mit sehr hohen Kosten verbunden ist, ist es nicht verwunderlich, daß die Cybertechs nach Mitteln und Wegen gesucht haben, verwundete Wartechs oder Bunkerbrecher mit dem höchstmöglichen Maß an Effektivität wieder verwendungsfähig zu machen. Daher sind heute Teile der Wartech- und Bunkerbrecher-Einheiten mit biomechanoiden Robotgliedmaßen, optischen und akustischen Implantatverstärkern und neurokybernetischen Aufrüstungstechnologien versehen, manche Einheiten verfügen sogar über eine Anzahl von Cyborg-Androiden, die mit einer selbständig arbeitenden Computerelektonik auf Neurotransmitter-Basis als Bewußtsein versehen sind.

Als Beispiel für diese zum gegenwärtigen Zeitpunkt noch nicht ganz ausgereifte Technologie sei auf den Fall des ehemaligen Kompanieführers der C-Kompanie

(17. Sturmgruppe) verwiesen, der noch heute von den Gegnern der Cyborg-Technologie angeführt wird. Sergeant Skua W. September, ein alter Haudegen und Veteran der Bunkerbrecher, hatte während der Kämpfe um die Rhodin-Festung der Phagon auf Moers CX12 die Abwehrkräfte seiner Panzerung und seines Schutzschirmes überschätzt und stellte sich einer Simpcon S&D- (Search and Destroy-) Granate in den Weg. Da aufgrund der vielen Einzelteile eine Ganzkörperwiederherstellung Sergeant Septembers nicht mehr in Frage kam, barg man nur seinen Kopf (mit den wertvollen Erfahrungen), der dann in den Cybertech-Laboratorien auf einen Cyborg-Mechanoiden verpflanzt und mit allerlei elektronischen Spielereien versehen wurde.

Die Folgen zeigten sich bei Sergeant Septembers nächstem Kampfeinsatz während des gut vorbereiteten Hinterhalts von Tuborg-Station, ebenfalls auf Moers CX12. Der große Phagon-Verband stand kurz davor, in die tödliche Falle der viel kleineren Cybertech-Einheit zu tappen, als Sergeant September plötzlich und völlig unmotiviert aus seiner Deckung hervorbrach und wild um sich schießend auf den Gegner zuraste. Durch das sich nachfolgend entwickelnde Desaster wurden die beteiligten Cybertech-Einheiten derartig dezimiert, daß deren Überreste später aufgelöst und in andere Einheiten integriert wurden. Dieses Mal blieb von Sergeant September nichts mehr übrig, was noch geborgen werden konnte . . .

Synfile I

»– semikristallines Protein hormoneller Struktur, das während der klimatisch bedingt extrem kurzen Wachstumsperioden Gandamaks in zellaktivierender Weise wirkt und es den Sandflechten ermöglicht, mit außerordentlicher Geschwindigkeit zu wachsen. Man vermutete zunächst, daß diese Eiweißverbindung mit der Zellstruktur animalischer Zuchtsubstanz inkompabitel sei, doch ist es den Phagon gelungen, ein zellaktivierendes Derivat herzustellen, das die Bruderschaft mit *S-Grow 12* bezeichnet. Das Ausgangsprodukt dieses Derivats jedoch gedeiht nur auf Gandamak und ist nach unseren Erkenntnissen auch durch die fortgeschrittene Biochemie der Phagon nicht synthetisierbar. Der enzymatische Aufbau –«

Lieutenant-General Kindswoog gelang es zu seiner eigenen Verblüffung, die halb geschlossenen Augenlider zu öffnen und den Kopf zu heben. Seit einer halben Stunde lauschten sie dem Vortrag, und seit etwa der gleichen Zeit kämpfte er gegen den Schlaf – und das nicht als einziger der Männer, die sich an dem großen, ovalen Tisch versammelt hatten.

Sie – das war der Operationsstab des Cybertech-Flottenhauptquartiers auf Schmiedehammer G7, System Procyon A. Man schrieb das Jahr 4301 A.D., Tag 251, und diese Krisensitzung war einberufen worden, weil sie ein Problem zu lösen hatten. Das Problem, einen Planeten in

Besitz zu nehmen. Genauer gesagt, einen Planeten mit mangelhaften Kräften und unzureichender Vorbereitung. Einen Planeten, der zudem fernab des eigenen Einflußgebietes lag und von den Yoyodyne besetzt war. Einen Planeten, bei dem sie keine Ahnung hatten, von *wie vielen* Yoyodyne er besetzt war. Und sie hatten nur neun Tage Zeit – zuwenig, um auch nur einen einzigen davon zu vergeuden. Zuwenig, um auch nur eine einzige Stunde dafür zu verschwenden, einem nicht nur extrem langweiligen, sondern für den bevorstehenden Einsatz auch weitgehend unwichtigen Vortrag zu lauschen.

Lieutenant-General Kindswoog entschied, daß es nun endgültig genug war. Er war der ranghöchste anwesende Offizier und am besten in die militärischen Hintergründe eingeweiht, doch er besaß keine Befugnis, Dr. Manning einfach das Wort zu entziehen. Jedenfalls keine offizielle, doch um den Vortrag zu beenden, würde es nicht nötig sein, auf seine Befehlsgewalt zurückzugreifen.

Kindswoog straffte die Schultern und räusperte sich. Es war ein vernehmliches Räuspern – nicht so laut, um *richtig* unhöflich zu wirken, aber laut genug, um den monotonen Redefluß zumindest für einen Moment zu unterbrechen.

»Was unser geschätzter Dr. Manning Ihnen mitzuteilen versucht, meine Herren, das bedeutet im Klartext schlicht und einfach, daß wir nicht umhin kommen werden, Gandamak zu besetzen.« Die Unterbrechung des Vortrags hatte Kindswoog wie geplant die Gelegenheit gegeben, um selbst das Wort zu ergreifen und die Aufmerksamkeit der Zuhörer auf sich zu lenken, und *diese* Ankündigung sorgte nun dafür, daß er sich des ungeteilten Interesses der Anwesenden auch weiterhin sicher sein durfte.

Nach einem knappen Blick in die Runde fuhr er fort:

»Wie Sie sich alle wohl noch erinnern, kam die Inbesitznahme Gandamaks durch die Yoyodyne vor sechs Jahren völlig überraschend, da niemand sich vorstellen konnte, was unsere schlitzäugigen Freunde dort eigentlich suchten.«

Die Gesichter aller Anwesenden waren nun ausnahmslos ihm zugewandt. Niemand beachtete mehr Dr. Manning, der etwas verloren neben seinem 3D-Projektor stand und wahrscheinlich erfolglos darüber nachgrübelte, warum niemand außer ihm selbst dem enzymatischen Aufbau einer Sandflechte Interesse entgegenbrachte.

»Nun, wir wissen mittlerweile, was an einem unscheinbaren Wüstenplaneten wertvoll genug ist, um einen mehrwöchigen Kampf zu seiner Eroberung zu führen und eine raumkampftaugliche Orbitalstation dort zu installieren.« Kindswoog legte eine kurze, genau bemessene Pause ein. »Während der Auseinandersetzungen mit den Phagon bekamen es unsere Truppen vor etwa 150 Jahren Standardzeit plötzlich mit einer immensen Anzahl von Battle-Clones und Biozüchtungen zu tun, und niemand hatte eine Erklärung für deren plötzliche Vermehrung. Da es nicht möglich war, einen Feldagenten auch nur in die Nähe der Bruderschaft zu schleusen, entwickelte die damalige Sicherheitsabteilung einen Langzeitplan. Eine umfangreiche Ladung gebrauchter, aber noch intakter Reparatur- und Wartungsroboter wurde den Phagon über Umwege quasi zur Kaperung angeboten, und sie fielen auf den Trick herein. War ja auch nicht anders zu erwarten.«

Vereinzeltes leises Lachen klang auf, verstummte aber gleich darauf wieder, als Kindswoog mit einer knappen Geste um Ruhe bat.

»Die Systeme der Robs waren mit einem hochentwickelten Computervirus geimpft, der Daten zum Themenkomplex Biozüchtungen aufspüren und umkodiert in seinen Datenbänken sammeln sollte, bis die Maschine in die Steuerung eines Stelcomgerätes einsickern und die Daten als Rafferspruch an uns absetzen könnte. Da jedoch nie eine Rückmeldung kam, wurde das Projekt einige Jahre später eingestellt, und die ganze Sache geriet in Vergessenheit.«

»Was sich jedoch vor knapp zwei Wochen änderte«, warf Dr. Manning in dem verzweifelten Versuch ein, die Aufmerksamkeit wieder auf sich zu lenken und seinen Vortrag doch noch fortsetzen zu können. Dazu ließ es Kindswoog jedoch gar nicht erst kommen.

»Danke, Doktor, davon wollte ich gerade berichten«, sagte er, warf Manning einen scharfen Blick zu und wandte sich wieder an die anderen. »Vor exakt 17 Tagen fing eine unserer Überwachungsstationen im System Ross 154 einen hochcodierten Impuls auf. Die Dechiffrierung dauerte einige Tage, da die Daten in einem schon lange nicht mehr gebräuchlichen Flottencode abgefaßt waren.

Nach der Entschlüsselung konnten wir den Daten entnehmen, daß die Phagon im Jahre 4120 A.D. Gandamak nur besetzten, um die dortigen Sandflechten ausbeuten zu können. Das . . . das *Zeug*, das aus diesen Dingern gewonnen wird, ermöglicht eine enorme Wachstums- und Produktionssteigerung bei der Herstellung von Battle-Clones, und die Yoyodyne müssen dies schon vor geraumer Zeit entdeckt haben. Dadurch erscheint die Besetzung Gandamaks nicht nur in einem völlig neuen Licht, sondern hat auch eine bedrohlich veränderte Situation geschaffen. Die Yoyos kontrollieren nicht nur den Nachschub an *S-Grow 12*, sondern führen auch ihre eigenen biogenetischen Forschungen durch. Wir nehmen an, daß sie in Kürze in der Lage sind, Humsz selbst zu züchten.«

Kindswoog machte erneut eine Pause, um die Worte in dem betretenen Schweigen, das herrschte, noch besser wirken zu lassen. Jeder der Anwesenden wußte, was diese Nachricht bedeuten konnte. Humsz – die *humanoiden Mutations-Züchtungen,* wie sie im offiziellen Jargon hießen, waren nichts anderes als biologische Kampfroboter, geschaffen aus gefangenen Gegnern der Yoyodyne oder manchmal sogar deren eigenen Leuten. Genetisch umprogrammiert und ihres früheren Bewußtseins beraubt, waren sie auch körperlich zu reinen Kampfmaschinen verändert, die ferngesteuert Befehle empfingen und ohne Rücksicht auf das eigene Leben nur noch zu einem Zweck existierten: zu vernichten, was sich ihnen in den Weg stellte. Wenn es den Yoyodyne jemals gelingen sollte, diese Züchtungen in unbegrenztem Maße selbst herzustellen, würde das die Balance der Kriegsführung entscheidend verändern. Das Haus Yoyodyne würde den bereits seit Jahrhunderten angekündigten »Jihad« zur Befriedung – sprich Eroberung – des bekannten Spiralarms beginnen können, und niemand konnte vorhersehen, in welche Richtung sich die Waagschale des Krieges dann neigen würde.

»Wir sind zu dem Schluß gekommen, daß wir Gandamak schnellstens unter unsere eigene Kontrolle bringen müssen, und der Planungsstab hat die Details einer Operation vorbereitet, die genau das bewerkstelligen soll«, kam Lieutenant-General Kindswoog zum Kernpunkt seiner Ausführungen. Gedämpftes Raunen klang auf, doch keiner der Anwesenden wirkte übermäßig überrascht. Sie alle hatten sich denken können, aus welchem Grund diese Besprechung einberufen worden war.

»Wichtigster Punkt ist zunächst die Inbesitznahme der

Station Orbiter VII über Gandamak, um die Yoyodyne-Bodentruppen vom Nachschub und der Kommunikation abzuschneiden. Die *Utah* ist zu diesem Zweck bereits von Epsilon Eridani nach Delta Pavonis beordert worden und wird in fünf Tagen Standardzeit dort eintreffen. Das Schiff weist kleinere Beschädigungen auf, ist aber die nächste Einheit, die wir in dem Gebiet zur Verfügung haben. Wir gehen davon aus, daß es ihr trotz einiger Handicaps gelingen wird, die Station zu erobern. Ein Verband, bestehend aus der *Devastation* und der *Independence,* ist von Alkahera aus im Anflug, wird aber erst einen Tag nach der *Utah* im System Delta Pavonis eintreffen. Die *Devastation* hat eine komplette Kompanie SECS-Truppen und eine vollständige Bunkerbrecher-Flying-Fortress-Kompanie samt einer ausreichenden Zahl von Landungsbooten an Bord – unsere erste Welle. Das Truppenkontingent der *Independence* führt schweres Gerät mit sich und wird die eigentliche Invasionsstreitmacht stellen.«

»Wa-warum bombardieren wir die Yoyos ni-nicht einfach aus dem Orbit, Sir?«

Die Frage kam von Adjutant Clearley. Sie *konnte* nur von Adjutant Clearley kommen, dessen geistige Fähigkeiten, wie sich Kindswoog mittlerweile sagte, in einem auffälligen Gegensatz zu seinem Namen stehen mußten. Er schickte einen Blick zum Himmel, der sich irgendwo jenseits des Gebäudedaches befand, und hoffte, daß ein Teil der Deckenverkleidung sich lösen und seinen Adjutanten erschlagen würde, aber nichts geschah – die Frischlinge von der Akademie hatten wohl einen besonderen Schutzengel.

»Also, paß auf, Jungchen – wenn wir den Schlitzaugen ein paar Steinchen auf den Kopf schmeißen, laufen wir Gefahr, danebenzuwerfen und sie nur zu alarmieren«, erklärte er seufzend. Trotz hochgerüsteter Steuerungselektronik war es nicht einfach, durch 120 Kilometer Atmosphäre hindurch ein Ziel punktgenau zu treffen. »Wenn wir die Steine hingegen so groß machen, daß wir auf jeden Fall treffen, bleibt nichts mehr übrig, was noch zu besetzen wert wäre. Und was folgt daraus?«

Nach einigen Sekunden angestrengten Nachdenkens machte sich ein Ausdruck plötzlicher Erkenntnis auf dem Gesicht von Adjutant Clearley breit. »Wir m-müssen Truppen landen lassen, um die Yo-Yoyos an Ort und Stelle zu v-vernichten, General.«

»Gut, und nachdem das nun auch der letzte hier verstanden hat, können wir ja weitermachen.« Kindswoog stand auf, beugte sich vor und stützte die Hände auf die Tischplatte, während er seinen Blick langsam über die Gesichter der Anwesenden wandern ließ. »Meine Herren – Operation Mayflower hat begonnen.«

Synfile II

Sie kamen zu viert.

Dawleen hörte ihre Schritte und Angels Stimme, noch bevor die vier den Waschraum erreichten, doch sie war nicht allzu überrascht. Die Auseinandersetzung war vorprogrammiert gewesen; sie hatte kommen müssen, nachdem sich der bereits seit Monaten schwelende Streit in den vergangenen Wochen immer weiter zugespitzt hatte.

Dawleen ärgerte sich lediglich, daß sie so unvorsichtig gewesen war, sich ausgerechnet hier stellen zu lassen. Sie hatte es Angel überlassen, Ort und Zeitpunkt der Konfrontation zu bestimmen, und dementsprechend war die Wahl ausgefallen. Der Waschraum bot allein Angel Vorteile.

Vor allem wurde er nicht von Kameras überwacht, so daß Dawleen nicht darauf hoffen durfte, daß jemand vom Erzieherstab ihr zu Hilfe kommen würde.

Sie war allein, aber das war sie im Grunde immer gewesen; nicht erst, seit sie ins Machorwski-Internat gekommen war. Sie war eine Einzelgängerin, was nicht einmal unbedingt auf ihre bewußte Entscheidung zurückzuführen war, aber sie hatte von Kindheit an Schwierigkeiten gehabt, sich in eine Gruppe zu integrieren.

Möglicherweise lag der Schlüssel dazu in ihrer Herkunft verborgen. Es kam nicht gerade häufig vor, daß auf

Schmiedehammer G7, dem Hauptplaneten der Cybertechs, wenige Wochen alte Kinder ausgesetzt wurden. Genau das aber war Dawleen passiert. Man hatte sie in unmittelbarer Nähe eines Waisenhauses in einer beheizten Tragebox gefunden. Sämtliche Nachforschungen über ihre Abstammung waren vergebens gewesen, doch hatte sich ohnehin niemand sonderliche Mühe gegeben.

Der einzige Hinweis war ein Schildchen mit dem Namen *Dawleen* gewesen, das sie an einer Kette um den Hals getragen hatte.

Sie war im Waisenhaus aufgewachsen, aber bereits von früher Kindheit an war sie anders als die übrigen Kinder gewesen. Die anderen hatten ihre Eltern wenigstens gekannt, und selbst wenn sie diese so früh verloren hatten, daß sie sich nicht mehr an sie erinnerten, so wußten sie wenigstens, wer sie gewesen waren.

Bei Dawleen war das anders. Sie hatte niemals herausgefunden, wer sie war und woher sie kam. Da sie keine Vergangenheit, keine Herkunft hatte, hatte sie schon früh damit begonnen, sich ihre eigene Geschichte zu schreiben. Bereits mit wenigen Jahren hatte sie sich in Tagträumen die wildesten Geheimnisse und Intrigen ausgemalt, die sich um ihre Herkunft ranken könnten.

Anders als die anderen Kinder im Waisenhaus hatte sie sich niemals mit der Rolle zufriedengegeben, die ihr von der Gesellschaft zugewiesen worden war. Sie war etwas Besonderes, daran hatte es für sie niemals einen Zweifel gegeben, und daraus bezog sie alle Kraft, die sie brauchte, um sich zu behaupten – und sie brauchte eine ganze Menge.

Dawleen hatte sich nie für etwas Besseres als die anderen gehalten, sondern sich stets damit begnügt, einfach nur *anders* zu sein, doch es hatte sie zu einer Einzelgängerin gemacht, die oft die Zielscheibe für Spott und Feindseligkeit bildete. Schon allein deshalb war sie gezwungen gewesen, sich zu bemühen, allen anderen gegenüber tatsächlich stets im Vorteil zu sein: stärker, geschickter und schlauer als sie zu sein.

Mehrmals hatte sie während der ersten Jahre ihres Lebens das Waisenhaus wechseln müssen, weil sie gegen ihren Willen immer in Raufereien verstrickt worden war oder man sie mit Lügen und Gehässigkeiten in ein denkbar schlechtes Licht gerückt hatte.

Auch als sie mit sechs Jahren schließlich ins Internat gekommen war, hatte sich daran nichts geändert; im Gegenteil, die Feindseligkeiten und die Härte der Auseinandersetzungen hatten noch zugenommen. Zum Teil lag dies sicherlich an Dawleens schier unerschöpflichem Wissensdurst, der ihr rasch den Ruf eingebracht hatte, eine Streberin zu sein, aber der Hauptgrund für alle Probleme war Angel.

Angel.

Mit ihren neun Jahren war sie zwei Jahre älter als Dawleen, aber trotzdem noch in der zweiten Klasse, weil sie eine Leseschwäche hatte, die angeblich angeboren sein sollte, nach Dawleens Meinung jedoch allein auf Faulheit beruhte.

Trotzdem war Angel – oder Angela, wie sie eigentlich hieß – der Liebling aller Lehrer und Aufsichtspersonen. Sie trug ihren Spitznamen zu Recht, sah mit ihrem sanften Gesicht und den langen, goldblonden Haaren tatsächlich ein bißchen wie ein Engel aus, doch das war nur äußerer Schein. In ihrem Inneren war sie das genaue Gegenteil. Als Älteste war sie zugleich auch die Größte und Stärkste der Klasse, und diesen Vorteil nutzte sie, um unbemerkt von allen Erwachsenen eine brutale Diktatur auszuüben.

Wer sich ihrem Willen widersetzte, wurde grausam

bestraft. Bei geringen Vergehen gab es nur Prügel, aber es kursierten auch Gerüchte von regelrechten Folterungen, die von Brandwunden und ausgerissenen Fingernägeln bis hin zu schweren Mißhandlungen reichten.

Dawleen hatte sich Angel als einzige nicht gebeugt, hatte es sogar gewagt, sich ihr offen entgegenzustellen, und sie hatte die erste und bislang einzige handgreifliche Auseinandersetzung zwischen ihnen klar für sich entscheiden können. Die Begegnung hatte Angel einen Zahn gekostet. Allerdings war sie da allein gewesen.

Diesmal hatte sie Verstärkung mitgebracht.

Für einen kurzen Moment wurde Dawleen von Angst fast überwältigt. Es gab keinen Fluchtweg, und sie überlegte, ob es Sinn hätte, wenn sie sich zu verstecken versuchte, aber es war klar, daß Angel genau wußte, wo sie sich befand. Außerdem gab es abgesehen von einem kleinen Schrank, in dem Putzutensilien aufbewahrt wurden, im gesamten Waschtrackt kein Versteck, das groß genug für sie war.

Dawleen zwang sich zur Ruhe. Möglicherweise gab es noch eine andere Chance, Angel und ihren Helferinnen zu entkommen, wenn sie es nur geschickt genug anstellte. Sie griff nach ihrem T-Shirt und streifte es sich über, dann lief sie in den angrenzenden Duschraum. Hastig drehte sie die Heißwasserhähne sämtlicher Duschen auf, kehrte wieder in den Waschraum zurück und preßte sich direkt neben der Tür an die Wand.

Keine zwei Sekunden später wurde die Tür aufgestoßen. Ein Blick in die Reihe der über den Waschbecken angebrachten Spiegel an der gegenüberliegenden Wand zeigte Dawleen, daß Angel dem kleinen Trupp wie erhofft voranging. Ihr folgten Cara, Jella und Liz: ihre Leibgarde, die ihr fast sklavisch treu ergeben war.

Dawleen fing die aufschwingende Tür ab und schleuderte sie mit aller Kraft zurück. Angel war darauf sichtlich nicht vorbereitet. Zwar versuchte sie noch instinktiv, die Tür mit den Händen abzufangen, aber sie reagierte zu langsam. Es gab einen dumpfen Schlag, als ihr der Kunststoff wuchtig gegen den Kopf knallte, gleich darauf gefolgt von einem Schrei, der Schmerz und Wut gleichermaßen ausdrückte.

Dawleen hastete erneut auf den Duschraum zu. Wie sie gehofft hatte, war der Raum durch das kochendheiße Wasser aus den Duschen voller Dampf, so daß der Blick kaum weiter als einen Meter reichte, und mit jeder Sekunde wurde der Dampf dichter. Dawleen verschwand in den wogenden Schwaden.

»Na los, holt sie!« zeterte Angel voller Wut und Haß. »Verdammtes Miststück! Ich bring' dich um, wenn ich dich in die Finger kriege, darauf kannst du Gift nehmen. Worauf wartet ihr noch? Packt sie doch endlich!«

Dawleen war bis an die hintere Wand des Raumes zurückgewichen, aber gerade dort würden die anderen sie vermuten, also durfte sie dort nicht bleiben. Mit etwas Glück würde es ihr inmitten der dichten Dampfschwaden gelingen, unbemerkt an den anderen vorbeizukommen.

»Dreht erst mal die verdammten Duschen ab!« keifte Angel. »Dann sehen wir wenigstens was.«

So leise wie möglich schlich Dawleen wieder zurück zum Eingang. Hierbei hatte sie einen Vorteil. Sie war barfuß, während die anderen Schuhe trugen, so daß ihre Schritte nicht zu hören waren.

Es gelang Dawleen, eine ihrer Gegnerinnen in einem weiten Bogen zu umgehen, weil sie deren Schritte auf dem gekachelten Boden gehört hatte, doch gleich darauf sah sie sich einer anderen nur schemenhaft erkennbaren Gestalt gegenüber. Den langen, schwarzen Haaren zufolge mußte es sich um Cara handeln. Dawleen hoffte, schnell genug wieder zurückweichen zu können, doch ihr Gegenüber hatte sie bereits entdeckt. Ihr blieb nur ein direkter Angriff.

Noch bevor Cara reagieren konnte, sprang Dawleen sie an, packte ihre langen Haare und wirbelte sie daran herum. Cara stieß einen schmerzerfüllten Schrei aus. Dawleen versetzte ihr einen Stoß, der sie direkt in das heiße Wasser einer der Duschen taumeln ließ. Caras Schrei wurde noch schriller.

Dawleen rannte los. Zwei ihrer Gegnerinnen wußte sie nun hinter sich, möglicherweise gelang es ihr, die Tür zu erreichen, bevor die anderen sie packten.

Das Glück, auf das sie gehofft hatte, blieb jedoch nicht länger auf ihrer Seite. Als sie den vorderen Teil des Raumes erreichte, entdeckte sie, daß Angel direkt im Türdurchgang stehengeblieben war – vermutlich ganz bewußt, um eine Flucht zu verhindern. Ihre Nasenlöcher waren blutverschmiert. Offenbar hatte die Eingangstür sie ziemlich heftig getroffen.

Es gab noch ein weiteres Handicap für Dawleen. Die vorderen Duschen waren bereits abgedreht worden, und der Dampf zog hier rasch durch die offene Tür ab, so daß die Sicht schon wieder fast klar war. Dadurch bestand keinerlei Möglichkeit, unbemerkt an Angel heranzukommen. Dawleen versuchte es trotzdem. Es gab keinen anderen Weg. Es war Angel durchaus zuzutrauen, daß sie nicht davor zurückschreckte, sie umzubringen, und selbst wenn sie nicht ganz so weit ging, würde anschließend bestimmt nicht mehr viel dazu fehlen. Dawleen schlug das Herz bis zum Hals. Für sie ging es um alles, es mußte ihr einfach gelingen, den Waschtrakt zu verlassen, in einen Teil des Internats zu gelangen, der von Kameras überwacht wurde.

Sie rannte geradewegs auf Angel zu, der es gerade noch gelang, eine Abwehrhaltung einzunehmen. Dawleen wußte, daß es ihr niemals gelingen würde, das größere Mädchen einfach umzurennen, deshalb änderte sie im allerletzten Moment ein wenig die Richtung und versuchte, unter Angels Armen hinwegzutauchen, um sich zwischen ihr und dem Türrahmen durchzuzwängen.

Fast wäre ihr Plan tatsächlich aufgegangen. Es gelang ihr, Angel aus dem Gleichgewicht zu bringen, so daß eine Lücke entstand, durch die sie geschmeidig schlüpfte, aber damit war ihr Glück endgültig erschöpft.

Zu spät bemerkte sie den Fuß, den Angel ausstreckte, stolperte darüber und verlor, wild mit den Armen rudernd, das Gleichgewicht. Schwer stürzte sie zu Boden, prallte hart mit dem Kinn auf die Fliesen. Blut war mit einem Mal in ihrem Mund. Benommen schüttelte Dawleen den Kopf und stemmte sich auf Hände und Knie hoch, doch bevor sie sich ganz aufrichten konnte, waren Jella und Liz über ihr. Die beiden zerrten sie grob herum, bis sie auf dem Rücken lag, und hielten jeweils einen ihrer Arme gepackt.

»Gut so«, rief Angel. »Haltet sie gut fest.«

Hinter ihr tauchte auch Cara auf. Ihr Gesicht und ihre Arme waren rot angelaufen, und offener Haß stand in ihrem Gesicht geschrieben. Offenbar hatte sie sich ziemlich heftig verbrüht. Sie verpaßte Dawleen einen harten Fußtritt in die Seite und hätte noch ein weiteres Mal zugetreten, wenn Angel sie nicht zurückgehalten hätte.

»Immer langsam«, sagte sie. »Die Kleine bekommt schon noch ihr Fett weg.«

Sie beugte sich über Dawleen und zauberte dabei das gleiche zuckersüße Lächeln auf ihr Gesicht, mit dem sie nahezu alle Aufsichtspersonen um den Finger wickeln konnte.

»Weiß du was, Miststück? Ich konnte dich von Anfang an nicht leiden. Schon am ersten Tag, als du hier aufgetaucht bist, wußte ich, daß es mit dir Scherereien geben würde. Und ich hatte recht«, zischte sie. »Du hast mir einen Zahn ausgeschlagen.«

»Schade, daß es nicht ein paar mehr waren«, preßte Dawleen hervor. Obwohl sie wußte, daß sie ihre Situation nur noch verschlimmerte, konnte sie die Worte nicht zurückhalten. »Wenigstens hätte dann eine Weile niemand mehr dein widerliches Grinsen ertragen müssen. Aber da du dich offenbar allein nicht mehr traust, dich mit mir anzulegen, hast du dir jetzt ja Verstärkung mitgebracht.«

Angel trat zu, zumindest versuchte sie es.

Dawleen hatte den Tritt vorausgesehen, und obwohl Jella und Liz ihre Arme gepackt hielten, waren ihre Beine noch frei. Sie fing Angels Bein mit ihren Füßen ab, rollte ihren Unterleib halb herum und brachte ihre Gegnerin aus dem Gleichgewicht. Noch während das blonde Mädchen zu Boden stürzte, zog Dawleen ihre Beine an und ließ sie kraftvoll wieder vorschießen. Ihr Tritt traf Caras Knie, und sie hörte ein trockenes Knacken, als würde ein morscher Ast zerbrechen.

Cara brach in sich zusammen und stieß ein schrilles, ohrenbetäubendes Kreischen aus. Die untere Hälfte ihres rechten Beines stand in einem entsetzlich verdrehten Winkel vom Körper ab. Für einen Moment war sogar Dawleen geschockt. Sie hatte Cara nur zu Fall bringen, sie aber nicht schwer verletzen wollen.

Auch Liz und Jella waren einige Sekunden lang wie gelähmt. Dann jedoch fielen sie mit noch größerer Wut gemeinsam über Dawleen her. Schläge und Tritte prasselten auf sie herab, trafen ihr Gesicht, ihre Nieren und ihren Brustkorb. Dawleen spürte, wie mindestens eine ihrer

Rippen brach. Ihre Lippen und die Haut an ihrer Stirn platzten auf, Blut rann ihr in die Augen. Hammerschläge schienen ihren Kopf zu treffen.

Als es ihr schließlich gelang, das Blut aus den Augen wegzublinzeln, saß Angel auf ihr, hielt ihren Kopf an den Haaren gepackt und schlug ihn immer wieder mit aller Kraft auf die Bodenfliesen.

Verzerrte Schreie gellten in Dawleens Ohren; sie wußte nicht einmal, ob es ihre oder die Caras waren. Ihre Umgebung löste sich in blutigem Nebel auf, und dann waren da plötzlich andere Hände, die sie festhielten.

Eine aus mehreren grellen Strahlern bestehende Lampe war direkt auf ihr Gesicht gerichtet und blendete sie, aber es gelang ihr nicht, die Augen zu schließen. Inmitten der Strahler befand sich ein Symbol aus sich überkreuzenden Linien in einem Kreis.

Sonst konnte sie nichts sehen, nur gelegentlich die in weißlichen Gummihandschuhen steckenden Hände, die *irgend etwas* mit ihr taten.

Dawleen wußte nicht, was mit ihr geschah. Es hatte etwas mit ihrem Kopf zu tun, und es tat weh, ganz ungeheuer weh, so daß sie sich nichts sehnlicher wünschte, als von diesen Qualen erlöst zu werden. Doch statt dessen wurde die Pein nur noch schlimmer, bis . . .

»Wieso überhaupt der *zweite* Versuch?«

Es war McKennas Stimme, die Dawleen Jones wieder in die Wirklichkeit zurückholte, und sie drang so verzerrt und laut aus den übersteuerten Helmlautsprechern, daß Dawleen gequält das Gesicht verzog und instinktiv die Hand hob, um ihre Ohren zu schützen. Die Bewegung endete vorzeitig und ziemlich abrupt, als ihre gepanzerte Rechte mit einem metallischen Krachen gegen den Helm schlug. Das Geräusch schien endlos lange in ihren Ohren widerzuhallen.

Um ihre Nervosität und ihre Angst vor dem bevorstehenden Kampfeinsatz zurückzudrängen, hatte sich Dawleen mittels Autosuggestion in eine leichte Trance versetzt, doch offenbar waren ihre Bemühungen um Ruhe ein wenig zu gründlich gewesen. Für ein paar Minuten war sie richtig eingeschlafen, und sie hatte wie schon so oft von ihrer Vergangenheit im Internat geträumt, die sie anscheinend selbst nach so vielen Jahren noch nicht vollständig verarbeitet hatte. Der Überfall Angels und ihrer Begleiterinnen hatte ihr schwerste Kopfverletzungen eingehandelt, hätte sie fast sogar das Leben gekostet. Es grenzte beinahe an ein medizinisches Wunder, daß sie keine dauerhaften Schaden zurückbehalten hatte. Ebensogut hätte sie seit dieser Zeit geistesgestört in irgendeiner Anstalt dahinvegetieren können.

Aus ihrem Alptraum war Dawleen von McKenna zwar herausgerissen worden, doch nur um festzustellen, daß die Wirklichkeit fast noch schlimmer war, es zumindest in kürzester Zeit werden würde.

Erst als McKenna seine Frage zum zweiten Mal stellte, kam Dawleen auf die richtige Idee, nämlich den Lautstärkeregler ihrer Helmlautsprecher herunterzudrehen. McKennas Stimme wurde leiser, war aber immer noch verzerrt und kaum zu verstehen, und noch viel weniger war sie zu *identifizieren*. Dawleen erkannte sie auch jetzt nicht an ihrem Klang, sondern eigentlich nur an dem breiten Akzent. Schon längst glaubte niemand mehr, daß er tatsächlich auf Terra geboren war, aber er hielt dennoch weiterhin unerschütterlich an dieser Legende fest und bemühte sich nach Kräften, sie zu untermauern – unter anderem eben mit seinem zwar vollkommen aufgesetzt wirkenden, aber so lange gepflegten Slang, daß er ihn vermutlich schon gar nicht mehr ablegen *konnte*, selbst wenn er es gewollt hätte.

»Weil es der zweite Versuch *ist.*« Das war Leranges Stimme, sehr viel leiser, aber gerade dadurch besser zu verstehen. »Sag jetzt bloß noch, du hättest noch nie vom Gandamak-Zwischenfall gehört?«

Genau wie sie selbst hatten auch die anderen die Helme ihrer Raumanzüge bereits geschlossen, so daß ihre Gesichter hinter den leicht verspiegelten Visieren unsichtbar waren. Sie waren nur anhand ihrer Stimmen und der Namensschildchen an ihren Helmen auseinanderzuhalten.

»Gandamak-Zwischenfall?« Dawleen meinte, McKennas Stirnrunzeln beinahe hören zu können. »Du meinst, wir waren schon einmal hier?« Seine Stimme wurde allmählich wieder lauter. Er hatte entweder die Leistung seines Senders erhöht, oder er war näher gekommen. »Nun erzähl schon. Wie ist es ausgegangen?«

»Zum Teufel, wie schon?« sagte Dawleen sarkastisch. »Selbstverständlich war es ein voller Erfolg für unsere Jungs. Deshalb sind wir ja auch heute wieder hier, weißt du?«

Zwei oder drei der Männer in der Schleusenkammer des leichten Kreuzers *Utah* lachten, nicht jedoch McKenna. Wahrscheinlich überlegte er noch, ob der Witz nun auf seine Kosten ging oder nicht.

In Wahrheit war alles wesentlich weniger lustig, und das, was so verharmlosend als der *Gandamak-Zwischenfall* bekannt geworden war, hatte sich als eines der größten Debakel in der militärischen Geschichte der Cybertechs erwiesen. Neugier war schon immer eine Eigenart Dawleens gewesen, und deshalb hatte sie auch diesmal keine Ruhe gegeben, bis sie alles bekommen hatte, was an Informationen über die Hintergründe des bevorstehenden Einsatzes ohne spezielle Geheimcodes aus irgendwelchen Datenbänken herauszuholen gewesen war.

Diese Neugier war etwas, das sie von den meisten anderen unterschied, aber bislang hatte sie sich als sehr nützlich erwiesen. Sie hatte nicht nur stets als Jahrgangsbeste abgeschnitten und in nahezu sämtlichen Ausbildungsbereichen mit Auszeichnung abgeschlossen, sondern gerade durch ihre Neugier auch die Aufmerksamkeit ihrer Vorgesetzten erweckt. Als bislang einzige Frau war es Dawleen Jones gelungen, mit erst vierundzwanzig Jahren ihre Ausbildung zu beenden und sich im Rang eines Kadetten für Kampfeinsätze zu qualifizieren.

Sie wußte nicht, ob sich McKenna wirklich dafür interessierte, weshalb die Aktion die inoffizielle Bezeichnung *Zweiter Versuch* erhalten hatte, und es war ihr auch egal. McKenna war ein ganz netter Bursche, aber er war auch ein Großmaul mit einem leichten Hang zur Prahlerei, und auch für ihn war dies der erste Kampfeinsatz. Er war nervös, das war unverkennbar, und er redete nur deshalb soviel, um sich abzulenken.

Noch bevor er dazu kam, seinen Angriff auf Dawleens Trommelfelle fortzusetzen, erklang in ihren Helmlautsprechern ein glockenhelles, durchdringendes Signal, gefolgt von den Worten: »Wartech Com an Gruppe eins bis drei. Noch neunzigtausend bis Objekt. Ausrüstung überprüfen und Rückmeldung in vier Minuten.«

Dieser Befehl kam störungsfrei aus dem Helmlautsprecher, da der Com-Link innerhalb des Schiffes noch bestand.

Noch.

Sobald das Schott geöffnet würde, mußte bis zum Erreichen von Orbiter VII absolute Funkstille herrschen. Bedachte sie das noch immer anhaltende Klingeln und Dröhnen in ihren Ohren, hätte Dawleen eigentlich froh darüber sein sollen, aber das genaue Gegenteil war der Fall. Von allem Unangenehmem und Gefährlichem, was sie erwarten würde, wenn sich die Schleusentore öffneten, war die Stille vielleicht das Schlimmste. Keiner von ihnen zweifelte den Sinn dieser Vorschrift an, aber das änderte trotzdem nichts daran, daß die Stille an den Nerven der Männer zerrte wie nichts anderes. Irgendwie war es, als gäbe diese Stille der gigantischen kalten Leere, die hinter den jetzt noch geschlossenen Schleusentoren auf sie wartete, Substanz. Und Dawleen war keineswegs allein mit dieser Furcht. Den anderen erging es genauso, und das war der eigentliche Grund, warum viele von ihnen unmittelbar vor einem Einsatz wie diesem dazu neigten, herumzualbern und ihre Disziplin für ein paar Minuten zu vergessen.

Dawleen bemerkte an den veränderten Schwingungen des Bodens, daß die Triebwerke des Kreuzers abgeschaltet wurden, um ihre Chance zu erhöhen, auf den letzten Kilometern bis zur Station nicht geortet zu werden. Gleichzeitig erloschen auch die Lichter in der Schleusenkammer, und, wie sie wußte, nicht nur hier, sondern überall im Schiff – zusammen mit fast allen technischen Geräten, die in irgendeiner Form Energie verbrauchten oder lieferten. Der Kreuzer war jetzt nur noch wenig mehr als ein Meteorit, der auf einer ballistischen Bahn durch das All schoß und kaum noch Wärme und so gut wie keine Energie mehr abstrahlte. Ein Klumpen schwarzen Plasmetalls mit ausgefahrenen Infrarot-Dissipatoren, der auf keinem Ortungsgerät mehr eine auffallende Signatur hinterlassen würde. Wenigstens hoffte sie das, denn wenn nicht . . .

Dawleen schluckte schwer und verdrängte den Gedanken. Wenn nicht, würde man ihnen einen heißen Empfang bereiten, so einfach war das. In ihren Augen war das alles Wahnsinn. Bereits im Vorfeld entpuppte sich dieser erste Kampfeinsatz mehr und mehr als Selbstmordkommando, doch für ihre Meinung interessierte sich keiner. Sie hatte ihre Befehle, die sie befolgen würde, und sie würde sich hüten, den Mund aufzureißen.

Neben ihr prüfte McKenna zum wohl fünfzigsten Male innerhalb der letzten Viertelstunde die Magnethalterung seines Lasers. Auch das war ein Zeichen seiner übergroßen Nervosität, die ein Ventil brauchte. Er wandte ihr den Kopf zu, hinter der Reflektorblende des Raumanzuges konnte sie sein Gesicht allerdings nicht erkennen, aber sie hatte den nervösen Klang seiner Stimme noch deutlich im Ohr.

McKenna machte eine fragende Geste. Dawleen erriet, was er meinte, aber sie hatte jetzt keine Lust mehr zum Reden. Sie zuckte nur mit den Schultern, drehte sich demonstrativ weg und checkte zum wiederholten Male ihre Sprengkapseln durch – eine Tätigkeit, die ungefähr genauso sinnvoll war wie die McKennas, was jedoch nichts daran änderte, daß sie sich ein weiteres Mal über das Ergebnis ärgerte. Man hatte ihr nur sechs Sprengkapseln zugeteilt; wahrscheinlich war irgendein Idiot der Meinung, daß das für eine Frau genug wäre. Ansonsten jedoch war ihre Ausrüstung komplett. Die Magazine waren griffbereit, Energie und Atmosphäre des Anzuges zeigten über achtundneunzig Prozent.

»Führer Squad zwei an Wartech Com, Squad zwei fertig«, meldete Sergeant Delware.

Dawleen fuhr beim Klang dieser Worte ganz leicht zusammen, dabei gab es gar keinen Grund, beunruhigt zu sein. Alles war so perfekt vorbereitet, wie es nur ging. Sie kannten ihre Befehle, ihre Ausrüstung befand sich in Top-Zustand, und sie waren ein eingespieltes Team. Auch wenn McKenna und sie nicht die einzigen waren, für die dieser Einsatz die Feuertaufe darstellte, so hatten sie doch so lange zusammen trainiert, daß Dawleen das Gefühl hatte, jeden der anderen schon eine Ewigkeit zu kennen.

Und, was vielleicht das Wichtigste überhaupt war: Sie hatten den Vorteil der Überraschung auf ihrer Seite.

Trotzdem war Dawleen nervös.

Oder – was die Sache genauer traf – sie hatte eine Scheißangst.

Commander Macciano stapfte unruhig durch die Kommandozentrale der *Utah*. Er war ein bulliger Mann mit Bürstenhaarschnitt und einem Gesicht, dessen markanten Falten und kantigem Kinn man ansah, daß er es gewohnt war, Befehle zu erteilen. Im Moment allerdings wirkte er keineswegs souverän, sondern im Gegenteil ziemlich aufgebracht, als er schließlich direkt neben Fitzmann stehenblieb.

»Also gut, Roy, bis jetzt hat Ihr Plan wider alle Wahrscheinlichkeit funktioniert«, stieß er hervor. »Und die Tarnschaltung auch. Zumindest haben uns die Yoyos noch keine Raumtorpedos herübergeschickt, also dürften sie uns wohl noch nicht bemerkt haben. Aber Sie wissen so gut wie ich, daß die ein Zielschießen mit unseren Jungs da draußen veranstalten, wenn das Ganze eine Falle ist – ein Kreuzer ist unterhalb von achttausend Metern auf jedem Massetaster zu sehen, Tarnschaltung hin oder her.«

Captain Roy Fitzmann, der Leiter der Bodeneinsatzgruppe, blickte wütend vom Battle-Monitor auf, den er die ganze Zeit anstarrte, obwohl es dort noch gar nichts zu sehen gab. »Ihre Haut wird da draußen ja schließlich nicht zu Markte getragen, Macciano. Und außerdem ist einer meiner Jungs eine Frau. Und ich weiß so gut wie Sie, daß kaum einer von ihnen eine Chance hat.«

»Verdammt, Sie tun ja gerade so, als ob das allein meine Schuld wäre.«

»Wollen Sie das vielleicht bestreiten?« fauchte Fitzmann. »Als Sie diesen Auftrag bekamen, hätten Sie deutlicher darauf hinweisen müssen, daß Sie keine intakten Shuttles mehr zur Verfügung haben.«

»Aber das habe ich doch schließlich –«

»Sie haben es beiläufig erwähnt, ja, dabei aber den Eindruck erweckt, als wäre das kein großes Problem. Wahrscheinlich hat man diesen Einwand gar nicht erst registriert, ihn aber ganz bestimmt nicht weitergemeldet, und das *ist* verdammt noch mal ganz Ihre Schuld! Sie wollten diesen Auftrag, weil Sie es dringend nötig haben, sich mal wieder ein bißchen mit Ruhm zu bekleckern.«

Fitzmann brach ab und starrte sein Gegenüber kopfschüttelnd an. So, wie die Dinge jetzt standen, sollten sie ohne Shuttles mit lediglich drei Wartech-Squads, die noch dazu zu einem goßen Teil aus neuen Kadetten bestanden, eine Orbitalstation der Yoyodyne im direkten Sturm nehmen – ein absolut verrücktes Unternehmen, das jedweder Militärdoktrin widersprach. Andererseits – vielleicht konnte es gerade deswegen Erfolg haben. Er hatte den Plan ausgearbeitet, die einzige Chance, wie sie ihren Auftrag möglicherweise doch noch erfüllen konnten. Aber er machte sich nichts vor. Daß sie es überhaupt bis hierher geschafft hatten, lag allein an der neu entwickelten Tarnschaltung.

Es war ihre erste Bewährungsprobe, niemand hatte vorher mit Sicherheit sagen können, ob sie die Ortungs- und Sichtgeräte der Yoyodyne tatsächlich zu täuschen vermochte.

»Aber eines sage ich Ihnen, Macciano«, fügte er nach ein paar Sekunden hinzu. »Sie können sich darauf verlassen, daß die Sache noch ein Nachspiel hat. Wenn auch nur einem meiner Leute etwas passiert, mache ich Sie persönlich dafür verantwortlich!«

Macciano wandte sich ab und schluckte seine Erwiderung hinunter. Es wäre dumm gewesen, unmittelbar vor einem Einsatz noch einen Streit anzufangen. Außerdem hatte Fitzmann im Grunde auch noch recht, das war das Schlimmste daran. Macciano wußte, daß es nicht leicht für ihn werden würde, sich aus der ganzen Angelegenheit herauszuwinden. Er starrte den Kopf des Konsolenmikros an, als ob dort die Entscheidung läge, dann drückte er die Taste mit einem Seufzen.

»Commander Macciano, kommandierender Offizier des leichten Kreuzers *Utah*, an Bordbuch. 4301 A.D., Tag 256, 1642 Uhr. Haben vor sechs Stunden System Delta Pavonis erreicht, befinden uns im Anflug auf Orbiter VII über Gandamak. Alle Systeme mit Ausnahme der gemeldeten Ausfälle okay, bisher keine Feindortung. Die Tarnschaltung funktioniert allem Anschein nach hervorragend. Haben uns entschlossen, Orbiter VII mit drei Einsatzgruppen mit Flugaggregaten über die Außenhülle anzugreifen. Momentane Entfernung zur Station zweiunddreißigtausend. Leiten Operation bei achtzehntausend ein. Ende.«

»Ein Angriff auf Orbiter VII durch die Cybertechs?«

Day-ho Tashagino, oberster Befehlshaber der Bodenstation auf Gandamak seit der Besetzung des Planeten durch die Invasionsstreitkräfte des Hauses Yoyodyne, blickte seinen Assistenten Senai ungläubig an.

»Das behauptet jedenfalls der Funkspruch«, erklärte Senai. »Der Angriff soll bereits unmittelbar bevorstehen.«

»Und es gibt keinerlei Hinweise auf die Herkunft der Nachricht?«

»Nein, Euer Lordschaft. Sie ist unzweifelhaft direkt an uns gerichtet, wurde aber offensichtlich über einen mobilen Relaissender umgeleitet, so daß wir die eigentliche Sendestation nicht anpeilen können. Der Funkspruch kann ebensogut von diesem Planeten stammen, aber auch von irgendwo aus dem All.«

Tashagino überlegte. Mit Ausnahme dieser mysteriösen, anonymen Nachricht gab es keinerlei Hinweise für einen bevorstehenden Angriff. Daß sich hier jemand einen dummen Scherz erlaubte, war schwer vorstellbar, aber was konnte sonst dahinterstecken? Versuchte möglicherweise gar ein Verräter der Technos ihm auf diese Art eine Warnung zukommen zu lassen?

Tashagino befand sich in einer Zwickmühle. Sollte er die Nachricht ernst nehmen oder sie einfach ignorieren?

»Ich werde Day-ho Nishigumo auf Orbiter VII von dem Funkspruch informieren«, entschied er nach einigen Sekunden. »Dann mag er selbst in der ihm angemessen erscheinenden Form darauf reagieren. Sofort eine Funkverbindung zur Orbitalstation herstellen.«

»Wie Ihr befehlt, Euer Lordschaft.« Senai gab seinen Befehl weiter, drehte sich dann jedoch mit deutlichem Schrecken im Gesicht wieder zu ihm um. »Euer Lordschaft, der Funk wird plötzlich auf sämtlichen Frequenzen von einem starken Störsender überlagert. Es ist uns unmöglich, Verbindung mit Orbiter VII aufzunehmen.«

Auch wenn Day-ho Tashagino sich bemühte, sich nichts anmerken zu lassen, erschütterte ihn die Meldung. Sie konnte nur bedeuten, daß der zuvor aufgefangene Funkspruch die Wahrheit verkündet hatte.

Orbiter VII war das Ziel eines Angriffs, und dieser hatte soeben begonnen.

»Also, Leute, ihr wißt alle, um was es geht.« Sergeant Delwares befehlsgewohnte Stimme klang klar und deutlich aus Dawleens Helmlautsprechern. »Die Com-Links werden gleich abgeschaltet, und danach herrscht absolute Funkstille, bis die Freigabe von Wartech Com erfolgt. Sobald dieser Kahn stoppt, werden die Schotten geöffnet, und ihr bewegt eure Hintern mit Maximalbeschleunigung zur Station. Ausweich-Flugbahnen, wie wir es geübt haben, und wer sich trotzdem treffen läßt, bekommt es mit mir zu tun! Die Sprengpunkte auf der Außenhülle dürftet ihr ja nun mittlerweile kennen, ich kann es mir also sparen, noch mal jeden einzelnen aufzulisten.«

Nur mit Mühe konnte es sich Dawleen verkneifen, darauf hinzuweisen, daß das auch für alles übrige galt, was Delware sagte. Anderseits jedoch durften sie sich bei diesem riskanten Unternehmen nicht den geringsten Fehler leisten. Es war besser, jeden einzelnen Punkt bis zum Erbrechen wiederzukäuen, als daß es später die kleinste Unstimmigkeit gab.

»Sobald wir erst einmal drin sind, wird im Zweifelsfall erst geschossen und dann gefragt, bis die Situation geklärt ist«, fuhr Delware fort. »Lerange und ich dringen über die Radialspeiche von Sektion 4 direkt zur Zentrale vor, Jones und Przywalski als Sicherungsgruppe hinter uns, und McKenna nimmt zusammen mit Ramirez den Gravitationsregler auf dem Außengang der zweiten Ebene auseinander. Denkt daran, daß wir hier kein Feuerwerk veranstalten, sondern die Station in Besitz nehmen sollen – ihr beide habt vier Minuten Zeit für den Grav-Regler. Da die anderen Gruppen ein ähnliches Programm haben, wird die Schwerkraft irgendwann innerhalb der ersten vier Minuten ausfallen, aber das dürfte die Yoyos mehr überraschen als euch. Macht's gut, und wenn euch das ein Ansporn ist: Sollten wir das heil überstehen, gebe ich allen einen aus.«

Irgend jemand fand Delwares Schlußbemerkung witzig genug, um darüber zu lachen. Hinter seinem Rücken wurde der Sergeant allgemein nur ›Killer Angel‹ genannt, aber das war eher freundlich gemeint, denn unter der zur Schau gestellten markigen Schale verbarg Delware einen weichen Kern, und er hatte sich während der vergangenen acht Wochen dieser Aktion oft genug gerade für ›seine‹ Neulinge eingesetzt. In dieser Hinsicht konnte sich niemand von ihnen beklagen. Delware konnte verdammt ungemütlich werden, wenn jemand Mist baute, doch ansonsten konnte man sich blind auf ihn verlassen und mit ihm Raumschiffe klauen.

Dawleen warf einen Blick zu Przywalski hinüber. Die endgültige Einteilung der Gruppen war das einzig Neue, was der Sergeant mitgeteilt hatte. Wahrscheinlich hatte er deshalb so lange gezögert, sich diesbezüglich festzulegen, um ihr Verhalten noch bis möglichst kurz vor dem Einsatz zu beobachten.

Falls einer von ihnen mit der Nervenbelastung nicht fertig geworden und ausgerastet wäre, hätte dadurch noch die Möglichkeit bestanden, den Betreffenden einem erfahreneren Begleiter zuzuteilen oder ihn notfalls sogar ganz zurückzulassen, ohne eine bereits verkündete Einteilung wieder umzuschmeißen, was nur unnötiges Durcheinander verursacht hätte.

Auf jeden Fall war Dawleen froh, daß man sie mit Walski, wie sie Przywalski wegen seines unaussprechlichen Namens alle nannten, zusammengesteckt hatte. Im Gegensatz zu ihr verfügte Pjotr nicht nur über theoretisches Wissen, sondern hatte bereits mehrere Kampfeinsätze hinter sich. Auch wenn sie bisher nicht viel miteinander geredet hatten, weil er still und etwas eigenbrötlerisch veranlagt war, konnten seine Erfahrungen sich doch als äußerst wichtig erweisen.

»Wartech Com an alle Gruppen«, riß Fitzmanns Stimme sie aus ihren Gedanken. »Entfernung zur Station noch vierundzwanzigtausend. Leiten Abbremsung bei achtzehntausend ein. Bei siebentausend erfolgt Öffnung der Schotten. Die Yoyos haben uns dann auf dem Schirm, wenn sie nicht gerade schlafen, also wird es heiß, wenn ihr nicht innerhalb von zwei Minuten an der Station seid. Solange werden sie etwa brauchen, um ihre Feuerleitsysteme zu justieren. Die *Utah* geht nach dem Ausladen sofort auf Ausweichkurs, bis ihr die Station erobert habt. Wir schalten Com-Link jetzt ab, danach herrscht Funkstille wie besprochen. Ach ja, und noch eins: viel Glück, Leute!«

»Genau das werden wir auch brauchen«, brummte McKenna, bevor die Verbindung unterbrochen wurde. Dawleen prüfte noch einmal die Verriegelung des Haltegurtes, damit sie bei dem Bremsmanöver nicht die Balance verlor. Trotz aller technischen Fortschritte brauchten die verfluchten Andruckneutralisatoren immer noch einen Sekundenbruchteil, um auf die Schwereveränderung zu reagieren. Sie starrte auf das Schott, das sich nach der Bremsung blitzschnell öffnen und ihnen den Blick auf Orbiter VII freigeben würde. Jetzt gab es nur noch das Geräusch des eigenen Atems und das Warten.

Dawleen schluckte und versuchte sich ein letztes Mal auszumalen, wie ihr erster Einsatz ablaufen würde. Während der Ausbildung waren sie für Kampfeinsätze unter den unterschiedlichsten Bedingungen trainiert worden, aber das machte es beim ersten Mal nicht leichter. Sie biß auf ihre Unterlippe und preßte die Finger um den Griff des Lasers, bis sie schmerzten.

Es gab wie erwartet einen spürbaren Ruck, als das Bremsmanöver eingeleitet wurde und bevor die Andruckneutralisatoren reagierten.

Przywalski wandte sich zu Dawleen um und streckte ihr die rechte Hand mit erhobenem Daumen entgegen – wahrscheinlich grinste er noch unter dem Helm. Das versuchte sie sich zumindest einzureden, um die aufkommende Panik zu unterdrücken. Dann sprang das Schott auf, und die sich überstürzenden Ereignisse ließen keinen Raum mehr für trübsinnige Überlegungen.

Synfile III

Day-ho Nishigumo, amtierender Kommandant der über Gandamak kreisenden Orbitalstation Orbiter VII, warf einen Blick auf das Bordzeit-Display seiner Kabine. Es wurde Zeit, den üblichen Inspektionsgang zu beginnen.

Er schnallte die beiden Schwerter um, deren Anlegen den höheren Rängen der Yoyodyne aus traditionellen Gründen noch gestattet wurde, im Kampf aber verboten war, da sie den Träger eher behinderten denn ihm behilflich waren. Er straffte den Oberkörper und warf einen kontrollierenden Blick in den Spiegel, um den korrekten Sitz der Uniform zu prüfen. Die ergrauten Stellen an den Schläfen zeugten von mehr als dreißig Jahren Dienst in den Streitkräften, Dienst an der Sache Yoyodynes. Er würde auch die verbleibenden zehn Jahre ehrenvoll beenden, wie es der jahrhundertealte Brauch seiner Familie verlangte, auch wenn diese Jahre nur mit Routineaufgaben wie der Leitung dieser Station angefüllt sein sollten.

Der Day-ho verließ seine Kabine, erwiderte den Gruß des davor stationierten Wachpostens und wandte sich auf dem Außengang nach rechts, um zur Zentrale zu gelangen. Als er die Abzweigung zur Radialspeiche erreicht hatte, schrillte der Alarm. Nishigumo erschrak, doch ließ er sich nichts davon anmerken und beschleunigte seine Schritte lediglich, da es gemäß der vielfältigen Regeln des Ehrenkodex' selbst in einer solchen Situation für einen Mann von seinem Rang und seiner Position einen nicht unerheblichen Gesichtsverlust bedeutet hätte, ins Laufen zu verfallen.

Die Ruhe, die er nach außen hin vermittelte, änderte jedoch nichts daran, daß es in seinem Innern ganz anders aussah. Sorgenvoll fragte er sich, was passiert sein mochte. Es gab viele mögliche Gründe für das Auslösen des Alarms, und keiner davon war sonderlich angenehm. In den letzten Jahren war es auf Orbiter VII ziemlich ruhig gewesen, aber es war auch abzusehen gewesen, daß dieser Zustand nicht ewig anhalten würde. Über kurz oder lang würde eine der anderen galaktischen Fraktionen in Erfahrung bringen, was auf Gandamak geschah. Dennoch hoffte Nishigumo, daß es noch nicht soweit gekommen war; daß die Ursache für den Alarm nicht der Angriff einer fremden Macht, sondern irgend etwas anderes sein mochte.

Es war eine Hoffnung, die sich nicht erfüllte. Instinktiv wußte er es bereits, noch bevor er die Zentrale betrat, wo ein aufgeregtes Durcheinander herrschte. Nishigumo eilte zum Scan-Display, und diesmal hatte er sich nicht mehr gut genug unter Kontrolle, um zu verhindern, daß für einen kurzen Moment ein überraschter Ausdruck über sein Gesicht glitt, als er auf den Monitor blickte.

Was er sah, war schlichtweg unmöglich.

Fassungslos starrte er den leichten Kreuzer der Cybertech Starlight Reihe an, der in unmittelbarer Nähe der Orbitalstation auf dem Ortungsschirm zu erkennen war.

»Wie konnte das passieren?« fuhr er einen der Wachoffiziere an. »Wieso wurde erst jetzt Alarm ausgelöst? Haben vielleicht alle geschlafen, oder warum hat niemand die Annäherung des Kreuzers früher bemerkt?«

»Er . . . er war plötzlich einfach da«, stieß einer der wachhabenden Offiziere hervor.

»Ein Hyperraumsprung?«

»Nein, Euer Lordschaft, wir haben keine Erschütterungen registriert. Außerdem wäre es auch unmöglich, so dicht an einem Planeten in den Normalraum zurückzukehren.«

»Aber irgendeine Erklärung muß es ja schließlich geben!«

»Es war, wie ich sagte. Das Schiff tauchte urplötzlich auf unseren Schirmen auf, und wir –«

»Dieser Vorfall wird noch Konsequenzen haben«, fiel ihm Nishigumo scharf ins Wort. Er konnte sich kaum vorstellen, daß seine Leute wirklich eine so unglaubliche Pflichtverletzung begangen hatten. Aber was wirklich geschehen war, das würde eine spätere Untersuchung klären. Jetzt gab es Wichtigeres zu tun.

Er warf einen Blick zu Waffenoffizier Kugami hinüber. Dieser hatte die schweren Werfer bereits hochgefahren. Die Bedienungsmannschaften mußten jeden Augenblick eintreffen – dann würde der feindliche Kommandant zu spüren bekommen, daß es niemandem gut bekam, wenn er sich einer Station des Hauses Yoyodyne in offensichtlich feindseliger Absicht näherte.

Gleich darauf jedoch runzelte er noch einmal überrascht die Stirn. Mehr als ein Dutzend kleiner Punkte waren nun auf dem Display zu erkennen, die sich von dem georteten Kreuzer aus mit hoher Geschwindigkeit der Station näherten. Dabei steuerten sie einen unregelmäßigen Kurs.

Nishigumo straffte sich.

»Automatikbatterien ausfahren, automatisches lock-in für Zielerfassung, nach Freigabe ohne Befehl feuern!« befahl er. »Zwei Mann der Reservemannschaft sind sofort an jedem Gang zu postieren!«

Nachdem sein Befehl bestätigt worden war, wandte er

sich wieder nachdenklich dem Monitor zu. Er fragte sich, was die Technos vorhatten.

Noch bevor das Außenschott vollständig im Boden des Hangars verschwunden war, hatte Sergeant Delware bereits seinen Haltegurt gelöst und sich mit geübtem Absprung in den freien Raum katapultiert. Der Rest von Squad 2 folgte innerhalb weniger Sekunden.

Unmittelbar nach ihrem Absprung wurde Dawleen für einen kurzen Moment abgelenkt, als sie Orbiter VII entdeckte. Die spindelförmige, frei über dem großen, braunen Rund Gandamaks schwebende Station bot einen majestätischen und zugleich auch bedrohlichen Anblick. Was wäre, wenn sie die Station verfehlte und in den freien Raum getrieben wurde schoß es Dawleen durch den Kopf. Verfügte das Flugaggregat über genügend Energie, daß sie damit drehen und zur Station zurückkehren konnte? Sie streifte diese Gedanken ab. Wenn sie sich konzentrierte und keine Fehler machte, hatte sie nichts dergleichen zu befürchten.

McKenna winkte ihr zu und startete durch, eine kleine, kaum sichtbare Wolke des Rückstoßgases zurücklassend. Auch Dawleen betätigte den Starter ihres Flugaggregates und folgte ihm. Dicht hinter ihr schwebte Przywalski. Links und rechts von ihr blitzten im Licht des Zentralgestirns kurze Reflexe auf – der Rest der Einsatzgruppe.

Dawleen flog direkten Kurs auf die Station zu, und die ersten Einzelheiten der Außenhülle waren bereits auszumachen. Sie korrigierte ihren Kurs etwas, um den befohlenen Auftreffpunkt am Außenrand der zweiten Ebene zu erreichen.

Sie hatten bereits ein gutes Drittels ihres Weges zur rotierenden Spindel der Station hinter sich gebracht, als der erste Werfer das Abwehrfeuer eröffnete. Ein dünner, grünlicher Strahl wurde für Sekundenbruchteile sichtbar, verfehlte die *Utah* jedoch. Längst schon befand sich der Kreuzer auf seinem Ausweichkurs und zog sich zurück.

Kurz darauf eröffnete eine weitere Werferbatterie das Feuer auf die *Utah*, hatte aber ebensowenig Erfolg wie die erste. Auf die Mitglieder der Einsatzgruppe hingegen war noch nicht geschossen worden, dabei hatten die drei Squads bereits mehr als die Hälfte des Weges geschafft. Die schwache Hoffnung, daß die Yoyodyne das Ausschiffen der Squads womöglich gar nicht bemerkt hatten, keimte in Dawleen auf, wurde aber schon wenige Sekunden später wieder zerstört, als sich auf der Außenhülle der Station eine Vielzahl kleiner Öffnungen bildeten, aus denen sich Geschützmündungen herausschoben.

Kaum hatte sie die Gefahr erkannt, riß sie die Steuerung des Flugaggregates nach unten, geriet für einen Moment ins Trudeln und versuchte verzweifelt, trotz der abrupten Richtungsänderung Kurs auf die Station zu halten.

Sekunden später eröffneten die Automatikbatterien das Feuer, und Przywalski verschwand an der Stelle, an der sie sich kurz zuvor noch befunden hatte, in einer schnell auseinanderstrebenden Wolke. Dawleen stieß einen entsetzten Schrei aus, der aufgrund des ausgeschalteten Com-Links ungehört in ihrem Helm verhallte. Der Weltraum um sie herum schien zu explodieren, als die schnellfeuernden Batterien weitere Explosivgeschosse in rasender Geschwindigkeit ausspien.

Dawleen hatte keine Zeit mehr, einen Blick auf den Rest der Einsatzgruppe zu werfen. Alles in ihr krampfte sich vor panischer Angst zusammen, und nur ihre im Laufe der Ausbildung antrainierten Reflexe bewahrten sie davor, Walskis Schicksal zu teilen, während sie weiterhin in wildem Zickzackkurs auf die Station zuraste. Genau wie die anderen trug sie keinen Schutzschirm. Bei diesem Einsatz kam es in erster Linie auf Schnelligkeit an, die entsprechenden Aggregate hätten sie nur behindert und ihnen auch nicht viel genutzt. Reflektor- und Prallschirme schützten jeweils nur entweder vor Energie- oder vor Projektilwaffen, und innerhalb der Station stand den Yoyodyne genügend Material zur Verfügung, daß sie sich ganz nach Bedarf bewaffnen konnten. Absorberschirme, die vor beiden Waffentypen Schutz boten, hatten erst gar nicht zur Verfügung gestanden.

Ohne entsprechende Hilfsmittel bestand Dawleens einzige Chance darin, so schnell und unregelmäßig wie nur möglich zu fliegen.

Noch tausendfünfhundert Meter. Wie wild bewegte sie die Kontrollen ihres Flugaggregates in verschiedene Richtungen, um ihren Kurs unberechenbar zu machen.

Eins, zwei, unten – eins, links – eins, zwei, links – eins, oben – sie zählte die Sekunden und änderte immer wieder den Kurs.

Eins, zwei, unten – eins, zwei, rechts – eins, unten – sie durfte auf keinen Fall länger als zwei Sekunden auf gleichem Kurs fliegen, sonst war sie verloren, aber sie durfte auch nicht gleichmäßig alle zwei Sekunden die Richtung wechseln, sonst war sie ebenfalls zu leicht anzupeilen. Auf keinen Fall durfte es bei ihren Wechseln auch nur irgendeine Form von Regelmäßigkeit geben. Alles mußte rein instinktiv geschehen wie bei einem Zufallsgenerator eines Computers, damit nicht vorherzuberechnen war, wo sie sich im nächsten Moment befinden würde.

Überall um sie herum zerrissen Explosionen die Dunkelheit des Weltraums. Dawleen wußte nicht, wie viele Mitglieder der Einsatztruppe bereits getötet worden waren, ihr blieb kein Sekundenbruchteil Zeit, um sich umzusehen. Eins, rechts – eins, zwei, rechts – eins, oben – noch dreihundert Meter, dann hatte sie es . . .

Eine Granate explodierte keine zwanzig Meter von Dawleen entfernt, und ein Splitter traf das Flugaggregat.

Day-ho Nishigumo konnte seinen Zorn nur mit Mühe unterdrücken, obwohl er auch ohne den Ehrenkodex wußte, daß es ein unangemessenes Gefühl war, das in einer Situation wie dieser höchstens Schaden anrichten konnte, vor allem, wenn er zuließ, daß es Gewalt über ihn erlangte. Dennoch war es schwer, dagegen anzukämpfen.

Der Kreuzer der Cybertechs flog Ausweichmanöver, und das so geschickt, daß sie bislang noch keinen einzigen Treffer hatten erzielen können. Zugleich zog er sich immer weiter zurück. Nicht mehr lange, und er würde sich außerhalb der Reichweite ihrer Werfer befinden.

»Was ist mit dem Funk?«

»Er wird immer noch von dem Kreuzer gestört«, teilte der zuständige Kommunikationsoffizier mit. »Sowohl Stelcom als auch Normalfunk. Verständigungen sind nur noch über eine Entfernung bis zu maximal einem Kilometer hinweg einigermaßen störungsfrei möglich.«

Nishigumo nickte knapp und beobachtete auf dem Monitor den weiteren Verlauf der bislang recht einseitigen Raumschlacht. Es hatte eine Weile gedauert, bis er begriffen hatte, was das alles zu bedeuten hatte. Wenn die Technos die Station hätten vernichten wollen, hätten sie mehr als einen leichten Kreuzer geschickt; zudem machte dieser noch nicht einmal Anstalten, sie zu beschießen, sondern beschränkte sich darauf, ihren Funk zu stören.

Der Schlüssel lag in den winzig kleinen Objekten, die der Kreuzer ausgesetzt hatte. Anfangs hatte Nishigumo sie für Raumminen oder etwas Vergleichbares gehalten, dann erst hatte er erkannt, daß es sich um Menschen handelte, und von diesem Moment an war ihm alles klar gewesen. Die Technos wollten die Station gar nicht vernichten, sie wollten sie *erobern*! Statt Entermannschaften in Shuttles herüberzuschicken, hatte der verantwortliche Kommandant der Cybertechs seine Eroberungstruppen in Raumanzügen mit Flugaggregaten losgeschickt. Dadurch waren sie ungleich verwundbarer, besaßen praktisch überhaupt keinen Schutz. Das machten sie jedoch durch ihre extrem hohe Beweglichkeit wett.

Hätten sie eine längere Strecke für ihren Anflug gebraucht, so wäre es trotz allem relativ leicht gewesen, sie abzuschießen. Da der Kreuzer jedoch unbemerkt so nah an die Station herangekommen war, sah alles anders aus, wobei Nishigumo auch sich selbst einen Teil der Schuld mit einräumen mußte. Er hatte die Gefahr einfach zu spät erkannt, was angesichts der gegebenen Umstände allerdings keinerlei Versäumnis darstellte, kein fehlerhaftes Verhalten, für das er die Verantwortung übernehmen müßte. Allenfalls ein Hellseher hätte den Plan der Technos früher durchschauen können.

Tatsache blieb jedoch, daß die angreifenden Squads rund die Hälfte ihres Weges bereits zurückgelegt hatten, bevor er sie überhaupt unter Beschuß nahm. Bei so geringen Distanzen wiederum war die Zielgenauigkeit der für einen Fernkampf konstruierten Waffen bedeutend geringer – und sie sank mit jeder Sekunde, in der die die Angreifer näher kamen. Um das Zielen noch mehr zu erschweren, flogen sie im Zickzackkurs, und da dieser von Hand gesteuert war, ließ er sich unmöglich berechnen. Entsprechend niedrig war trotz Computer lock-in die Trefferquote der automatischen Abwehrbatterien. Lediglich zwei der ursprünglich achtzehn kleinen Echos auf dem Monitor waren mittlerweile verloschen.

Die anderen setzten noch immer unbeirrt den Anflug auf die Station fort, bis sie schließlich so nah waren, daß sie von den Geschützen gar nicht mehr zu erreichen waren.

Nishigumo blickte sich in der Zentrale um. Die Gesichter der meisten Anwesenden waren ihm zugewandt; man erwartete seine Befehle.

»Die Station wird von Techno-Mannschaften attackiert, wir müssen uns auf einen Kampf in luftleerem Raum vorbereiten«, sagte er laut. »Waffenwart Kugami, sämtliche Posten sollen sich im nächstgelegenen Depot mit Raumanzügen ausstatten lassen. Die Mannschaften der Werfer bleiben bei den Geschützen; Geschütztürme atmosphärendicht nach innen verriegeln. Mehr können wir im Moment nicht tun. Ich verlange, daß jeder alles gibt. Für Yoyodyne!«

Während die Offiziere in ihre Kehlkopfmikros schrien, um seine Befehle weiterzugeben, wandte sich Nishigumo erneut dem Monitor zu. Die kleinen Echos waren verschwunden, die Angreifer befanden sich nun außerhalb des Erfassungswinkels der Ortung und würden versuchen, irgendwie in die Station einzudringen.

Sobald ihnen dies gelungen war, würde es zum entscheidenden Kampf kommen.

Sergeant Delware landete mit einem metallisch klingenden Geräusch, das durch den Anzug übertragen wurde, auf der Außenhülle. McKenna erreichte die Station einen Augenblick später dicht neben ihm. Ramirez, der als erster gelandet war, winkte Ihnen aus geringer Entfernung zu. Er hatte den vorgesehenen Sprengpunkt bereits entdeckt.

Delware atmete tief durch. Der Feuerzauber schien sich

eine Ewigkeit in die Länge gezogen zu haben, dabei hatte der Abwehrbeschuß in Wahrheit nicht einmal ganz zwei Minuten gedauert. Er blickte sich um und entdeckte Lerange, den es etwas weiter abgetrieben hatte und der nun mit sanften Schüben des Flugaggregates längs des Ringwulstes auf sie zuschwebte, ganz darauf bedacht, nicht wieder ins Schußfeld der Geschütze zu geraten. Die Automatikbatterien schwiegen, da es keine Ziele mehr gab, auf die sie hätten feuern können, aber die Yoyodyne waren gewarnt. Es war keine Zeit zu verlieren.

Przywalski hatte es erwischt, das hatte Delware mit eigenen Augen gesehen, aber wo war Dawleen Jones? Delware konnte sie nirgendwo entdecken. Entweder hatte sie ebenfalls einen Treffer abbekommen, oder ihr Flugmanöver war schiefgegangen und sie war an der Station vorbei ins All abgedriftet. Beide Möglichkeiten bedeuteten, daß sie mit höchster Wahrscheinlichkeit tot war. Ein kurzer, aber heftiger Schmerz durchzuckte Delware. Allein in seiner Squad zwei Ausfälle, das war eine schreckliche Bilanz, und er wußte noch nicht einmal, wie es bei den anderen beiden Einheiten aussah.

Bei einer Selbstmordaktion wie dieser hatten von Anfang an Verluste einkalkuliert werden müssen, doch Delware hatte es niemals vermocht, nur in solchen taktischen Begriffen zu denken. In erster Linie waren Przywalski und Jones für ihn zwei junge Menschen gewesen, die er seit Jahren kannte, die er auf einigen Gebieten persönlich ausgebildet hatte und die ihm vertraut und seiner Verantwortung unterstanden hatten.

Besonders Jones' Schicksal berührte ihn. Er hatte die junge Frau und ihre offene, freundschaftliche Art gemocht. Sie war nicht nur mutig, sondern auch intelligent und auf vielen Gebieten außerordentlich begabt gewesen. Mit Sicherheit hätte sie noch eine vielversprechende Karriere vor sich gehabt. Daß gerade sie bereits ihren allerersten Kampfeinsatz mit dem Leben bezahlen mußte, war ein besonders grausamer Streich des Schicksals.

Aber Sergeant Delware wußte auch, daß dies nicht der richtige Moment für sentimentale Grübeleien war. Er mußte seine Trauer um Przywalski und Jones auf später verschieben, sonst würde er ihr Schicksal augenblicklich teilen. Das war die Realität des Krieges.

Einen Fuß langsam vor den anderen setzend, um nicht den Kontakt zur metallischen Außenhülle zu verlieren, legte er die wenigen Meter bis zu Ramirez zurück, der seine Sprengkapseln bereits an einem von innen verriegelten Instandhaltungsschott angebracht hatte. Mit einer knappen Geste bedeutete er Lerange und McKenna, in Deckung zu gehen, ehe er es ihnen mit schußbereiter Waffe gleichtat.

Ramirez zündete die Sprengkapseln. Die Abdeckung des Schotts wurde von der durch die schlagartige Dekompression noch verstärkte Explosion in den Raum hinausgeschleudert. Delware schwang sich als erster durch die entstandene Öffnung, sorgsam darauf bedacht, sich seinen Raumanzug nicht an den scharfkantigen, gezackten Rändern des Schotts aufzureißen, und sank sanft in das Innere von Orbiter VII, als die künstliche Schwerkraft ihn erfaßte.

Synfile IV

Ihr blieb keine Zeit zum Überlegen; Dawleen handelte rein instinktiv. Noch bevor sie überhaupt in vollem Aufmaß begriffen hatte, was überhaupt geschehen war, warf sie sich aus einem unbewußten Reflex heraus herum, um den ersterbenden Schub des beschädigten Flugaggregates zur Abbremsung zu benutzen.

Eine weitere Salve strich dicht über sie hinweg, explodierte aber in sicherer Entfernung. Wenige Sekunden später fiel das Aggregat vollends aus, aber ihre Geschwindigkeit betrug nur noch wenige Meter pro Sekunde, und sie trieb direkt auf den unteren Teil der zentralen Achse der Station zu. Glücklicherweise war sie dieser schon so nahe gekommen, daß sie sich im toten Winkel der Geschützbatterien befand. So steuerlos, wie sie nun dahintrieb, wäre sie anderenfalls ein leichtes Ziel gewesen. Dawleen atmete erleichtert auf, als sie erkannte, daß die Geschütze sie nicht mehr erreichen konnten. Wie es aussah, hatte sie noch einmal ganz gewaltiges Glück im Unglück gehabt.

Mit den Armen rudernd, verlagerte sie ihre Körperposition so, daß sie mit den Füßen zuerst auf die Spindel zutrieb, und schaltete die Magnetplatten an den Sohlen an. Augenblicke später stieß sie mit einem trotz ihrer geringen Geschwindigkeit noch immer harten Ruck gegen die Zentralachse der Station. Ihr Atem raste, und einen kurzen Moment lang fürchtete sie, wieder von ihrem Halt abzuprallen, doch die Magnetsohlen hafteten fest auf der metallenen Außenhülle.

Dawleen sah sich um und war froh, daß die Raumanzüge über ein wirksames Belüftungssystem verfügten, denn sonst wäre ihr der Schweiß längst in die Augen gelaufen.

Erschreckt stellte sie fest, daß sie die Sprengkapseln verloren hatte – sie mußten sich entweder direkt beim Treffer am Flugaggregat oder beim nachfolgenden Trudeln gelockert haben –, und vom Rest der Gruppe war nichts zu sehen. Obwohl sie die ungefähre Richtung hatte beibehalten können, war sie ein gutes Stück vom geplanten Zielpunkt entfernt gelandet. Aber wenigstens lebte sie, das war die Hauptsache.

Und sie besaß immer noch ihren Laser.

Dawleen schluckte den Kloß herunter, den sie in ihrer Kehle spürte, widerstand aber der Versuchung, die befohlene Funkstille zu brechen. Ein Stück von sich entfernt entdeckte sie eine Beobachtungskamera, die sich aus der Stationshülle geschoben hatte und direkt auf sie gerichtet war. Sie zerstörte das Gerät mit einem Laserschuß, dennoch war sie sicher, daß die Yoyodyne sie bereits entdeckt hatten. Sie mußte schnellstmöglich von hier verschwinden. Entweder mußte sie den Rest der Wartech-Gruppen finden oder auf anderem Weg in die Station eindringen und sehen, was sie auf eigene Faust ausrichten konnte.

Dawleen begann längs der Außenhülle mit dem Aufstieg in Richtung der zentralen Ringebenen.

Day-ho Nishigumo fuhr herum, als ein weiterer Alarm ertönte. Mit einem Blick erfaßte er die eingehenden Nachrichten auf dem Zentraldisplay. Sektion 4 hatte eine explosive Dekompression, aber die automatischen Sicherungen hatten die angrenzenden Sektionen sofort hermetisch abgeriegelt.

Es gab keinen Zweifel, was die Meldung zu bedeuten hatte. Der direkte Angriff der Cybertechs hatte begonnen; sie waren bei Sektion 4 in die Station eingedrungen.

Nishigumo war jedoch entschlossen, ihnen einen heißen Empfang zu bereiten.

»Waffenwart Kugami, beordern Sie alle Männer, die bereits Raumanzüge tragen, sofort in die Sektionen 3 und 5, der Rest räumt diese Sektionen und zieht sich in Richtung auf die Zentrale zurück.«

»Jawohl, Euer Lordschaft.«

»Außerdem erwarte ich, daß anschließend alle angrenzenden Schotte geschlossen und die Sektionen 3 und 5 ebenfalls dekomprimiert werden. Lassen Sie an allen Kreuzgängen innerhalb dieser Sektionen Plast-Barrieren errichten und die Männer in Stellung gehen.«

»Aber, Euer Lordschaft«, wandte Kugami ein. »Wenn in den Sektionen Vakuum herrscht, bedeutet jeder noch so geringfügige Treffer am Anzug den sofortigen Tod!«

»Genau das«, bestätigte Nishigumo. »Ganz genau das bedeutet es.«

Sein Gesicht war wie aus Stein gehauen, doch seine Augen funkelten fanatisch, und in seiner Stimme schwang eine Kälte mit, die Kugami frösteln ließ.

Nur wenige Schritte von dem in die Außenhülle gesprengten Einstieg entfernt stieß Sergeant Delware auf den ersten Toten.

Er starrte auf den verkrampft daliegenden Yoyodyne herab und mußte ein Würgen unterdrücken. Der Mann war von der Dekompression völlig überrascht worden, hatte offenbar vorher an einem Pult gesessen und irgendwelche Daten bearbeitet. Er hatte gerade noch Zeit gehabt, um aufzuspringen, als sie das Außenschott gesprengt hatten und die Luft schlagartig entwichen war. Ein Ausdruck fassungslosen Schreckens hatte sich noch im Tode in sein Gesicht eingegraben.

Der Mann war nicht der einzige Yoyodyne, der sich zum Zeitpunkt der Sprengung ohne Raumanzug in Sektion 4 aufgehalten hatte. Nur wenige Schritte neben ihm lag ein zweiter Leichnam, und nicht weit entfernt entdeckte Delware noch weitere.

Delware warf den Toten nur einen flüchtigen Blick zu, bevor er Ramirez mit einem Wink aufforderte, ihm zu folgen, und auch McKenna und Lerange ließen sich durch das gesprengte Schott hinabgleiten. Sie durften nicht mehr Zeit als unbedingt nötig verlieren, damit die Yoyodyne keine Gelegenheit fanden, effektive Gegenmaßnahmen zu ergreifen. Mit Sicherheit wußte der Kommandant der Station bereits, wo sie eingedrungen waren, und war damit beschäftigt die Verteidigung zu organisieren, was in diesem Falle nicht einmal allzu schwer war, da ihnen nur zwei Wege offenstanden. Sektion 4 lag zwischen zwei Radialverstrebungen der Station, sie mußten also in Sektion 3 oder 5 eindringen, um von dort zur Zentrale zu gelangen. Um so wichtiger ware es, daß sie *schnell* vorankamen.

Zusätzlich ergab sich für Delware noch eine weitere Schwierigkeit. Nach dem Tod von Przywalski und Jones blieb ihnen nichts anderes mehr übrig, als zusammenzubleiben, da sie zahlenmäßig nicht mehr stark genug waren, um sich noch weiter zu teilen. Eine andere Gruppe würde sich um die Gravitationsregler kümmern müssen, was sich ohne Funkverbindung im Moment aber noch nicht koordinieren ließ. Auf diesen Vorteil würden sie also verzichten müssen.

Gemeinsam mit dem verbliebenen Rest seiner Einheit drang Delware mit den Waffen im Anschlag in Richtung des Schotts zu Sektion 3 vor, als eine Explosion die Station erschütterte.

Day-ho Nishigumo umklammerte die Lehnen seines Sessels, bis die Knöchel weiß hervortraten und schmerzten. Eine der automatischen Kameras hatte einen der Angreifer an der Außenhülle eingefangen, der von den anderen getrennt worden war, doch dieser hatte die Kamera kurz darauf entdeckt und zerstört.

Schlimmer jedoch war, daß noch eine weitere Einheit Cybertechs die Station erreicht und sich gewaltsam Eintritt verschafft hatte. Nur wenige Minuten nach der ersten hatte es eine weitere Explosion gegeben, diesmal in Sektion 6. Das bedeutete, daß er seine Abwehrkräfte aufteilen und einen Kampf an verschiedenen Fronten führen mußte, was alles entscheidend komplizierter machte.

Nishigumo mußte sich eingestehen, daß er sich allmählich von der Situation überfordert fühlte. In all den Jahren seiner militärischen Laufbahn hatte er stets nur relativ ruhige Kommandos gehabt. Er war kein großer Taktiker, und er besaß so gut wie keine Erfahrung im offenen Kampf. Dennoch durfte er nicht scheitern, durfte keine Schande über seine Familie und das Haus Yoyodyne bringen. Das war der einzige Gedanke, der ihn beherrschte, vielleicht sogar stärker, als gut war, denn zum ersten Mal spürte er wahrhaft das Gewicht der auf ihm lastenden Verantwortung, fühlte sich davon ge-radezu erdrückt.

»Kugami!« blaffte er. »Ziehen Sie die Männer aus Sektion 5 ab, sie sollen sich um die Eindringlinge in 6 kümmern, dabei aber aufpassen, daß sie nicht zwischen den Fronten aufgerieben werden. Der Rest bleibt in Sektion 3 und verteidigt den Durchgang zur Zentrale.«

Er war überzeugt, daß es noch mehr gab, was er tun konnte, doch sosehr er sich auch vorzustellen bemühte, wie andere, berühmtere Befehlshaber, deren Strategien er wieder und wieder studiert hatte, sich in einer vergleichbaren Situation verhalten hätten, ihm fiel keine Möglichkeit ein, wie er seine Verteidigung noch weiter optimieren konnte.

So blieb ihm nur die unbefriedigende Hoffnung, daß seine Bemühungen, so unvollkommen sie auch sein mochten, ausreichen würden, um die Eindringlinge zurückzuschlagen.

Dawleen kam nur wie in Zeitlupe vorwärts, da sie es auf keinen Fall riskieren wollte, sich durch eine unvorsichtige Bewegung wieder von der Station zu lösen und abzutreiben. Diese Gefahr war durchaus gegeben, und das nicht nur wegen der zahlreichen Decksaufbauten und den zum Teil nur winzigen Unebenheiten der Außenhülle. Die Magnetsohlen boten guten Halt, wenn man mit beiden Füßen auf glattem Metallboden stand, doch jeder Schritt, den man machte, halbierte diesen Halt, und dann mochte eine einzige, etwas zu hastig geratene Bewegung genügen, um ihn gänzlich zu verlieren. Sollte dies geschehen, wäre sie unweigerlich verloren. Ihr Flugaggregat war zerstört, aber seine Reserven waren ohenhin so gut wie erschöpft gewesen, da ihre blitzschnellen Ausweichmanöver sehr viel mehr Energie als ein normaler Flug verbraucht hatten. Da es sie höchstens behinderte, hatte Dawleen das Aggregat längst abgestreift. Sollte sie also tatsächlich durch einen unglücklichen Umstand den Halt verlieren, würde sie ohne die geringste Möglichkeit zur Navigation davontreiben. Falls die Abwehrgeschütze ihr dann keinen raschen Tod bereiteten, blieb ihr nur noch, sich selbst zu töten, wollte sie nicht qualvoll ersticken, sobald die Luftreserven ihres Raumanzuges aufgebraucht waren.

Während sie vorsichtig einen Fuß vor den anderen setzte, hielt sie den Blick fest auf die metallene Zentralachse gerichtet. Auf diese Art hatte sie einen festen Punkt, an dem sie sich orientieren konnte. Bislang hatte sie rund fünfzig Meter zurückgelegt, was bedeutete, daß noch gut weitere zweihundert Meter bis zum Ringwulst vor ihr lagen, wo sich der eigentliche Zielpunkt befand und wo sie wahrscheinlich auf die anderen Wartechs stoßen würde.

Zweihundert Meter.

Normalerweise eine lächerliche Distanz, die sich hier draußen aufgrund der mühevollen Art, sich fortzubewegen, zu einer gewaltigen Strecke dehnte und einen aufreibenden, kräftezehrenden Marsch bedeutete, der alles von ihr forderte.

Ihre einzige Alternative war es, einen anderen Einstieg zu finden; ein von außen zu öffnendes Schott. Im Grunde standen ihre Chancen dafür gar nicht mal so schlecht. Niemand hatte beim Erbauen der Station damit rechnen können, daß irgendwann einmal ein Feind zu Fuß auf der Außenhülle herumspazieren und einen solchen Einstieg suchen würde. Da man annehmen durfte, daß ein eventueller Gegner Sprengkapseln oder eine sonstige Ausrüstung bei sich trug, um sich gewaltsamen Zugang zu verschaffen, war es nicht einmal nötig, irgendwelche Schotts besonders zu sichern, die es wahrscheinlich überall gab, damit bei einem Defekt Wartungsdroiden oder Reparaturteams an die Oberfläche gelangen konnten. Überall – nur nicht da, wo sich Dawleen befand. Zumindest hatte sie bislang noch keines entdeckt.

Das änderte sich jedoch, als sie eine weitere Querstrebe umkletterte. Die Umrisse der kleinen Schleuse waren so fein, daß sie kaum zu erkennen waren, und Dawleen sah sie erst, als sie fast schon darauf stand. Aufgeregt ging sie in die Hocke. Direkt neben dem runden Schott gab es eine kleine Klappe, die sich problemlos öffnen ließ. Darunter befand sich ein einzelner Knopf. Es gab keinerlei Codeabfrage oder sonst ein Hindernis.

Dawleen zog ihren Laser, duckte sich und preßte ihren Daumen auf den Knopf. Es schien eine Ewigkeit zu dauern, bis der Druckausgleich im Inneren hergestellt war und das Schott zunächst ein Stück nach unten sank, um dann zur Seite zu schwingen.

Trotz ihrer Aufregung beging Dawleen nicht den Fehler, sofort in die Schleuse hinabzuspringen. Sie blieb mißtrauisch. Für ihren Geschmack war das Eindringen fast schon *zu* einfach. Aber es gab nichts zu entdecken, das auf eine Falle hindeutete. Sie mußte es auf einen Versuch ankommen lassen. Vorsichtig ließ sie sich in die Schleusenkammer hinab und schloß das Außenschott wieder. Während Luft in die Druckkammer strömte, ging sie mit dem Laser im Anschlag direkt neben der inneren Tür in Deckung. Sollte man sie erwarten, war sie auf diese Art wenigstens etwas geschützt. Falls sich alles als eine Falle erwies, war sie entschlossen, ihr Leben so teuer wie möglich zu verkaufen.

Mit nervenaufreibender Langsamkeit öffnete sich das innere Schott.

Instinktiv warf sich Delware zu Boden, noch während die Erschütterungen die Station durchliefen. Zu hören war nichts, da nach ihrem gewaltsamen Eindringen in der Sektion Vakuum herrschte, doch das Beben des Bodens war deutlich zu spüren.

Seine drei Begleiter reagierten mit der gleichen Schnelligkeit und Konsequenz, was für seine Ausbildung sprach, wie Delware mit flüchtigem Stolz registrierte, und obwohl sie mit ihren Waffen in beide Richtungen des Korridors sicherten, verlor keiner die Nerven und schoß, ohne ein konkretes Ziel vor Augen zu haben. Alle verhielten sich absolut vorbildlich.

Die Vibrationen der Explosion endeten wenige Sekunden später genauso plötzlich, wie sie begonnen hatten, ohne daß ein Yoyodyne zu entdecken gewesen wäre. Es handelte sich nicht um einen Angriff; wahrscheinlich hatte sich nur eine der anderen Squads ihren Weg in das Innere der Station freigesprengt.

Delware richtete sich wieder auf und deutete mit einem Schulterzucken an, daß wohl keine unmittelbare Gefahr bestand.

Gemeinsam mit seinen Männern setzte er den Vormarsch fort.

Ein wenig irritierte es ihn sogar, daß sie bislang auf keinerlei Widerstand getroffen waren. Sicher, sie hatten die Yoyodyne überrascht, trotzdem hätte man ihnen längst Abwehrtruppen entgegenschicken können, wenn der Kommandant der Station dies gewollt hätte. Offenbar verfolgte dieser jedoch eine völlig andere Taktik. Delware machte sich keine falschen Hoffnungen. Irgendwo würden sich die Yoyos mit Sicherheit sammeln, um ihren Vormarsch zu stoppen, und jede weitere Minute gab ihnen mehr Zeit dafür und vergrößerte ihren ohnehin schon vorhandenen Vorteil.

Delware feuerte seine Begleiter mit hektischen Gesten an, sich noch mehr zu beeilen. Ihr größter Vorteil bestand darin, daß sie die Yoyodyne bislang überrumpelt hatten, und diesen Vorteil wollte er auf keinen Fall aufgeben.

Am Ende eines gewundenen Ganges schließlich erreichten sie den Durchgang zu Sektion 3. Delware ließ die anderen ein paar Schritte zurückbleiben, ging selbst leicht gebückt nach vorn und hielt verblüfft inne, als er die Druckanzeige neben dem Öffnungsmechanismus erblickte. In Sektion 3 herrschte ebenso wie in dieser Vakuum. Die gesamte Luft war aus der Sektion abgelassen worden, und dabei konnte es sich nur um ein Manöver der Yoyos handeln.

Die beiden anderen Squads sollten planmäßig in die Sektionen 6 und 9 eindringen. Vorausgesetzt, daß sie keinen Fehler begangen hatten, konnten sie also für die Dekompression hier nicht verantwortlich sein.

Sergeant Delware bedeutete dem Rest der Gruppe, in Stellung zu gehen, atmete noch einmal tief durch und betätigte dann den Öffnungsmechanismus.

Das Schott war noch nicht halb zur Seite geglitten, als die Yoyodyne, die sich dahinter verborgen gehalten hatten, zu feuern begannen.

Dawleen wartete nicht ab, bis sich das Schott ganz geöffnet hatte, sondern stieß sich ab und sprang durch die entstandene Öffnung, sobald diese groß genug war. Den Laser hielt sie schußbereit in der Hand, doch es gab kein Ziel, auf das zu schießen notwendig war. Nicht einmal ein Alarm heulte.

Gekonnt rollte sich Dawleen über die rechte Schulter ab und kam im menschenleeren Korridor hinter dem Schott zum Liegen. Einige Sekunden lang verharrte sie noch, erst dann richtete sie sich auf. Anscheinend hatte tatsächlich niemand ihr Eindringen bemerkt.

Die anderen Einheiten waren in der Zwischenzeit wahrscheinlich längst in die Station eingedrungen, und die Yoyodyne würden genug damit zu tun haben, ihre Abwehr gegen sie zu organisieren. Die Besatzung von Orbiter VII war nicht allzu groß. Den Schätzungen des Flottenkommandos zufolge hatten sie mit nicht mehr als höchstens fünfzig, sechzig Personen zu rechnen, wobei vom Kantinenkoch bis zum technischen Stab, der das größte Kontingent stellen dürfte, das gesamte Personal gerechnet worden war. Die Schutztruppe bestand vermutlich nur aus knapp zwanzig Mann, da die gesamte Verteidigung der Station auf die Abwehr eines Angreifers aus der Ferne ausgerichtet war.

Da nun bereits an verschiedenen Stellen Wartechs eingedrungen waren, mußten sich die ohnehin zahlenmäßig nur schwachen Schutztruppen der Yoyodyne aufteilen und an mehreren Fronten kämpfen. Die Kämpfe spielten sich in den oberen Ringebenen ab. Vermutlich standen für zusätzliche Wachposten in der Zentralachse einfach keine Leute mehr zur Verfügung.

Mit etwas Glück, dachte Dawleen, würde es ihr sogar gelingen, bis zur Zentrale vorzudringen, ohne auf irgendwelchen Widerstand zu stoßen.

Leichte Sorgen bereitete es ihr lediglich, daß im Inneren der Station immer noch künstliche Schwerkraft herrschte. Es war bislang also nicht gelungen, die Gravitationsregler auszuschalten, was bedeutete, daß das Unternehmen in den oberen Ebenen nicht wie geplant verlief. Entweder hatte es mehr Tote als befürchtet gegeben, so daß die Vorgehensweise geändert worden war, oder die anderen hatten es noch nicht geschafft, den Widerstand der Yoyodyne zu überwinden. Nun, wenigstens war sie dadurch nicht mehr auf die Magnetsohlen ihrer Schuhe angewiesen, sondern konnte sich normal bewegen.

Vorsichtig schlich sie weiter den Gang entlang, den Laser im Anschlag. Wenn die Pläne vom Grundriß der Station stimmten, die sie vor dem Einsatz studiert hatte, mußte sie sich hinter der nächsten Biegung nach links halten, wo sich ein Aufgang zum nächst höheren Deck befand.

Dawleen beschleunigte ihren Schritt, als sie die Kreuzung ein Stück vor sich erblickte. Sie bog um die Ecke und prallte mit einem erstickten Keuchen zurück, als sie nur wenige Schritte entfernt den Wachposten sah.

Der Yoyodyne entdeckte sie im gleichen Moment, überwand seine Überraschung jedoch einen Sekundenbruchteil schneller. Seine Maschinenpistole ruckte hoch und spuckte ihre tödliche Ladung aus.

Noch bevor sie ausweichen oder das Feuer erwidern konnte, fühlte sich Dawleen von einer unsichtbaren Faust getroffen und zurückgeschleudert.

Ramirez taumelte nach hinten, dann gaben die Beine unter seinem Körper nach, und er stürzte. Quer über seine Brust verlief eine Reihe kleiner Löcher, wo ihn die Garbe aus der Maschinenpistole der Yoyodyne getroffen hatte. Schlagartig entwich die Luft aus den Öffnungen in seinem Raumanzug. Als er auf dem Boden aufschlug, war Ramirez bereits tot.

McKenna und Lerange gingen blitzschnell hinter der Gangbiegung in Deckung. Mit einem Fluch warf sich auch Delware zur Seite, doch den einzigen für ihn erreichbaren Schutz bot der kleine tote Winkel unmittelbar neben dem Schott.

Hier konnte er zwar nicht getroffen werden, war zugleich aber auch gefangen. Jeder Schritt nach vorne oder hinten wäre sein Todesurteil gewesen. Der gesamte

Gang schien plötzlich voller kleinkalibriger Geschosse zu sein.

Wenigstens benutzten die Yoyodyne nur Maschinenpistolen, keine schweren Waffen, mit denen sie unweigerlich große Verwüstungen angerichtet hätten. Noch war Orbiter VII jedoch ihre Station, und sie wollten sie offensichtlich nicht stärker beschädigen als unbedingt nötig.

Für Delware gab es keinen Grund zu Rücksichtnahmen dieser Art. Ohne sich selbst vorzubeugen, schob er die Mündung des Lasers vor, bis sie um die Ecke ragte, und verwandelte den Gang hinter dem Schott in ein Inferno aus grellen Energiestrahlen.

Das Abwehrfeuer der Yoyodyne verstummte, doch Delware glaubte nicht daran, daß die Gefahr bereits gebannt war. In den wenigen Sekundenbruchteilen, bis er sich nach dem Öffnen des Schotts in Deckung geworfen hatte, hatte er sehen können, daß sich die Yoyodyne hinter einer Battleplast-Barriere verschanzt hatten. Vermutlich hatte dieser auch das Laserfeuer wenig anhaben können.

Delware wagte nicht, sich zu vergewissern. Die Gefahr, getroffen zu werden, war zu groß. Inzwischen war ihm klar, warum die Yoyos Sektion 3 freiwillig dekomprimiert hatten. Zum einen war es ihnen dadurch möglich gewesen, das Schott auf der anderen Seite der Schleuse geöffnet zu halten und sofort zu schießen. Hätte Delware nicht vorher bemerkt, daß auf der anderen Seite auch Vakuum herrschte, und deshalb Mißtrauen geschöpft, wäre er mit seinen Männer wahrscheinlich blindlings in die Falle getappt, da er direkt in der Schleuse keinen Hinterhalt erwartet hätte.

Doch es gab auch noch einen zweiten Grund. Ein Kampf im luftleeren Raum war außerordentlich gefährlich, da jede noch so leichte Verletzung, jede Beschädigung des Raumanzuges den sicheren Tod bedeutete. Die Kaltblütigkeit, mit der der Kommandant der Station auch seine eigenen Leute diesem erhöhten Risiko aussetzte, erschreckte Delware, denn sie zeigte einmal mehr, wie wenig den Yoyodyne ein Menschenleben bedeutete.

Er griff an seinen Gürtel, doch alle seine Sprengkapseln hatte er beim Eindringen in die Station verbraucht. Lediglich McKenna trug noch welche bei sich.

Eigentlich galt immer noch die verordnete Funkstille, da die Yoyos jedes Gespräch mitanhören konnten und die Gefahr bestand, daß sie auf diese Art zusätzliche Informationen über die Stärke und die Taktik der angreifenden Wartechs erhielten. Im Moment jedoch war diese Verordnung Delware völlig egal. Wesentlich schlimmer als ein paar knappe Anordnungen über Funk wog es, wenn sie allzu lange hier festhingen. Dadurch geriet nicht nur ihr gesamter Zeitplan durcheinander. Mit Sicherheit waren auch schon Yoyos unterwegs, um ihnen in den Rücken zu fallen und sie zwischen den Fronten aufzureiben. Dazu durfte es nicht kommen.

Delware schaltete sein Helmmikrofon ein.

»McKenna, ich brauche eine Sprengkapsel, schnell!« befahl er.

Von seinem Platz hinter der Gangbiegung aus gab McKenna ihm mit einer Hand ein Zeichen, daß er verstanden hatte, und hakte einen der Sprengsätze vom Gürtel los.

Lerange bestrich die Schleuse und die Battleplast-Barriere mit Laserfeuer, um die Yoyos dahinter in Deckung zu zwingen, während McKenna die Sprengkapsel schleuderte.

Es war ein guter Wurf. Ohne Schwierigkeiten konnte Delware den kleinen Zylinder auffangen. Er schaltete die Zündung ein, holte tief Luft und riskierte es, sich aus seiner Deckung vorzubeugen. Noch immer deckte Lerange die Barriere mit Schüssen aus seinem Laser ein, doch die Yoyos hatten die Gefahr erkannt und erwiderten das Feuer. Einige Kugeln verfehlten Delware nur um Haaresbreite, aber er blieb unverletzt. Blitzschnell zielte er, schleuderte die Kapsel und preßte sich sofort wieder neben der Schleuse an die Wand.

Die Explosion erfolgte innerhalb des Vakuums völlig lautlos. Es gab auch keine Druckwelle, doch die Wucht der Sprengung brachte den Boden zum Beben, und ein greller Lichtblitz zuckte durch den Gang.

Obwohl er wußte, daß hinter der Barriere niemand mehr leben konnte, trat Delware sehr vorsichtig aus seiner Deckung heraus und bewegte sich langsam vorwärts. Seinen Laser hielt er auf die Überreste der Barriere gerichtet, bereit, beim geringsten Anzeichen einer Bewegung zu schießen.

Doch alles blieb ruhig. Delware überzeugte sich, daß die Yoyodyne tot waren, dann winkte er McKenna und Lerange zu sich heran. Gemeinsam drangen sie weiter vor, als sie plötzlich die Stimme von Dawleen Jones in ihren Helmlautsprechern hörten.

Day-ho Nishigumos Augen waren auf die Anzeigetafel vor ihm gerichtet, doch er nahm das Gerät überhaupt nicht wahr. Sein Blick glitt durch das Pult hindurch ins Leere.

Binnen der letzten ein, zwei Minuten hatten sich die schlechten Nachrichten nur so überschlagen. Die Wartech-Gruppe in Sektion 3 war bereits am weitesten vorgedrungen, hatte eine Abwehrbarriere überwunden und schickte sich an, in die nächste Sektion vorzudringen. Aber auch in Sektion 6 hatten die Angreifer sich eingenistet, wenngleich es ihnen momentan noch nicht gelungen war, die Verteidigungskräfte zurückzuschlagen. Die Wachen kämpften mit der Entschlossenheit von Männern, die genau wußten, daß sie im Falle eines unehrenhaften Rückzugs nur der Tod erwartete.

Und dennoch würde all ihre Entschlossenheit nicht ausreichen. Orbiter VII verfügte über genügend schwere, weitreichende Abwehrwaffen, um sogar den Angriff mehrerer Kreuzer abwehren zu können, aber die Station war nicht für einen Kampf in ihrem Inneren konzipiert und ausgestattet worden. Was konnten schon Maschinenpistolen gegen das schwere Gerät ausrichten, das die Angreifer offenbar bedenkenlos einsetzten?

Vor einer knappen Minute nun hatte Nishigumo aus Sektion 9 die Meldung erhalten, daß ein weiterer Angriffstrupp der Technos dort eingedrungen wäre. Er hatte nicht einmal mehr genügend freie Abwehrkräfte zur Verfügung, um diesen neuen Eindringlingen auch nur den geringsten Widerstand entgegenzusetzen.

Es ging alles einfach viel zu schnell . . .

Und dennoch – die Station durfte nicht verlorengehen, durfte auf keinen Fall in die Hände der Technos fallen! Die Anweisungen für eine Situation wie diese, in der Orbiter VII nicht länger zu verteidigen war, waren eindeutig. Erlangten die Technos Gewalt über die Station, dann war ihnen auch Gandamak weitgehend ausgeliefert. Von Orbiter VII aus wäre es ihnen ein Leichtes, den Planeten von allem Nachschub abzuschneiden, und dann wäre ein Sieg über die dort stationierten Verbände des Hauses Yoyodyne nur noch eine Frage der Zeit.

Dazu durfte es nicht kommen, sosehr es Day-Ho Nishigumo auch widerstrebte, sich seine Niederlage einzugestehen. Aber je länger er zögerte, desto schlimmer machte er alles nur noch.

Er holte tief Luft.

»Die Station ist bereits so gut wie verloren«, stieß er hervor. Noch niemals war ihm etwas so schwergefallen wie das Aussprechen dieser Worte. »Eine unehrenhafte Kapitulation ist vollkommen ausgeschlossen, und auf keinen Fall dürfen die Cybertechs die Herrschaft über Orbiter VII an sich reißen. In Übereinstimmung mit den Anweisungen für einen Notfall wie diesen werde ich die Station deshalb zerstören. Waffenwart Kugami, Sie werden den Rückzug koordinieren. Alle Besatzungsmitglieder mit Ausnahme der Kampfverbände haben sich unverzüglich zu den Shuttles und Landungsmodulen zu begeben.«

Totenstille folgte seinen Worten. Niemand regte sich in der Zentrale; die Menschen schienen mitten in der Bewegung erstarrt zu sein.

Kugami überwand seine Lähmung als erster.

»Wie Ihr befehlt, Euer Lordschaft«, murmelte er. Er trat an ein Pult und übermittelte die entsprechenden Befehle über Lautsprecher an den Rest der Station. Ganz bewußt sprach er nicht über Com-Link. Über Funk hätten auch die Technos von der drohenden Vernichtung erfahren, während eine rein akustische Übermittlung ihnen nichts nutzte, da in den entsprechenden Sektionen Vakuum herrschte. Zwar blieben dadurch auch die eigenen Kampftruppen dort im ungewissen, doch sie waren von dem Evakuierungsbefehl ja ohnehin ausgenommen. Sie mußten die Eindringlinge weiterhin aufhalten, um allen anderen den Rückzug zu ermöglichen.

Die anwesenden Offiziere verließen nacheinander die Zentrale, wobei sich jeder von ihnen in Richtung des Day-Ho verbeugte. Kugami blieb allein mit Nishigumo zurück.

»Euer Lordschaft?«

Nishigumo schüttelte den Kopf. Es war unerheblich, ob ihm die *Schuld* für den Verlust der Station zufiel, er trug auf jeden Fall die *Verantwortung* dafür. Der bittere Geschmack dieser Niederlage würde nicht nur auf ihn, sondern auch auf seine Familie zurückfallen. Er hatte seine Ehre verloren, aber er konnte wenigstens noch eine letzte ehrenvolle Tat begehen, um zu verhindern, daß auch seine Verwandten geächtet und verachtet wurden.

»Kugami, ich werde nicht mitgehen, sondern an Bord bleiben. Es wird ein ehrenvoller Tod sein, wenn ich gemeinsam mit der Station in den Untergang gehe.«

Der Waffenwart zögerte einige Sekunden lang.

»Euer Lordschaft, ich habe Euch stets loyal gedient. Deshalb bitte ich darum, auch jetzt bei Euch bleiben zu dürfen.«

Erneut schüttelte Nishigumo den Kopf.

»Ihre Bitte ist ein höchst ehrenvolles Anliegen, dennoch muß ich sie zurückweisen«, sagte er mit schleppender Stimme. Er fühlte sich mit einem Mal wie ein uralter Mann. »Die Gefahr besteht auch weiterhin. Ihre Hilfe wird bei der Evakuierung dringend benötigt, und ein Waffenwart mit Ihrer Erfahrung und Ihrem Können wird unseren Streitkräften auf Gandamak noch von großem Nutzen sein.«

»Aber Euer Lordschaft –«

»Kugami, das ist ein Befehl. Meine Entscheidung steht fest. Gehen Sie. Und noch eins – viel Glück.«

»Wie Ihr befehlt, Euer Lordschaft!«

Kugami verneigte sich tief und verließ die Zentrale, um den anderen Offizieren zum Hangar mit den Shuttles zu folgen.

Day-ho Nishigumo sah ihm ein paar Sekunden lang nach, bis sich das Schott der Zentrale hinter ihm geschlossen hatte, dann trat er an das Hauptkommandopult.

Mit langsamen, schwerfälligen Bewegungen tippte er die nötigen Codes in das Hauptterminal ein, mit denen die Selbstzerstörung der Station eingeleitet wurde.

Dawleen hörte über ihre Außenlautsprecher das Rattern der Maschinenpistole. Im gleichen Moment spürte sie einen Schlag gegen die linke Schulter, und ein stechender Schmerz durchzuckte ihren Arm. Sie wurde nach hinten geschleudert und schlug rückwärts gegen die Wand, aber gerade das rettete ihr wenigstens für den Augenblick das Leben, da der Rest der Garbe über sie hinwegstrich. Wirkungslos hämmerten die Kugeln über ihr in die Wand.

Schock und Schmerz drohten sie zu lähmen, doch die antrainierten Reflexe des Wartech-Trainings ergriffen von ihr Besitz, ohne daß es ihr richtig bewußt wurde. Noch bevor sie ganz zu Boden gesunken war, riß sie den Laser hoch und zog den Abzug durch. Der Yoyodyne verging in einem Inferno auflodernder Energien, die ihn einhüllten und binnen eines Sekundenbruchteils töteten.

Dawleen ließ den Laser sinken, konnte sein Gewicht nicht mehr halten. Der in ihrer Schulter pulsierende Schmerz war fast unerträglich. Halb auf dem Boden liegend, halb mit dem Rücken noch gegen die Wand gelehnt, kämpfte Dawleen gegen die Ohnmacht an, die wie eine große, schwarze Woge über ihr zusammenzuschlagen und sie mit sich zu reißen drohte.

Trotz aller Anstrengungen hätte sie den Kampf wahrscheinlich verloren, wenn nicht in diesem Moment eine Stimme in ihren Helmlautsprechern ertönt wäre. Sie erkannte die Stimme nicht, und sie verstand auch die einzelnen Worte nicht, dafür aber einen Namen.

McKenna!

Der Klang des Namens war ihr vertraut und riß sie aus

ihrer Benommenheit. Mit Erschrecken erkannte Dawleen, wie nah sie einer Bewußtlosigkeit gewesen war. Sie war nicht einmal mehr fähig gewesen, die richtigen Schritte dagegen einzuleiten. Das holte sie jetzt nach. Mühsam drückte sie eine Taste am Impulsgeber ihres Handgelenks.

Sie spürte den Einstich nicht einmal, als sich eine Nadel des in ihren Anzug integrierten Medi-Packs in ihre Haut bohrte. Dafür spürte sie die Wirkung der Injektion um so deutlicher. Es dauerte nur wenige Sekunden, bis die verabreichte Droge ihr Schmerzzentrum lähmte und sie gleichzeitig mit neuer Energie erfüllte.

Es war nur eine geborgte Kraft, die sie eine Zeitlang künstlich aufputschte, wodurch ihr physischer und psychischer Zusammenbruch lediglich hinausgezögert wurde, aber für etwa eine Stunde würde sie keine Schmerzen und keine Erschöpfung mehr spüren.

Wieder vernahm sie eine Stimme, diesmal jedoch nicht über Funk, sondern einen über das Außenmikrofon ihres Anzuges übertragenen Befehl der Yoyodyne.

»Sämtliche Besatzungsmitglieder haben sich unverzüglich in den Hangar zu begeben!« verkündete die Lautsprecherstimme. »Um die Station nicht in die Hände des Feindes fallen zu lassen, wird die Selbstzerstörung eingeleitet. Ich wiederhole: Sämtliche Besatzungsmitglieder haben sich unverzüglich in den Hangar zu begeben!«

Dawleen fühlte siedendheißen Schrecken in sich aufsteigen.

Selbstzerstörung? Das war eine Option, mit der niemand ernsthaft gerechnet hatte. Sie hatten gehofft, die Yoyos so schnell überrumpeln zu können, daß sie die Zentrale bereits in Besitz genommen hätten, bevor man dort überhaupt begriffen hätte, daß der Kampf verloren wäre. Aber der Vormarsch war sehr viel langsamer als geplant verlaufen, und zudem hatte der verantwortliche Kommandant offenbar auch noch sehr frühzeitig die Lage als hoffnungslos eingestuft und sich für eine Aufgabe der Station entschieden. Wieviel Zeit blieb noch? Es war kein Zeitpunkt für die Sprengung genannt worden.

Mit einer Kinnbewegung aktivierte Dawleen die Sprechtaste ihrer Com-Link. Die Funkstille war ohnehin schon gebrochen worden, und außerdem handelte es sich hier um einen absolut dringenden Notfall.

»Squad 2, hier Jones. Kann mich jemand empfangen?«

»Jones?« Das war unzweifelhaft die Stimme von Sergeant Delware. »Wo bist du? Wir dachten, dich hätte es erwischt.«

»Viel hätte auch nicht mehr gefehlt.« Ich bin verletzt. Sie überlegte einen Moment, ob sie ihre Position angeben sollte, schließlich bestand die Gefahr, daß der Feind mithörte. Sie entschied sich für eine ungefähre Angabe. »Ich bin in der Zentralachse, etwas unterhalb der Zentrale. Habt ihr etwas von der Selbstzerstörung mitbekommen?«

»Selbstzerstörung?«

»Die Meldung kam gerade über Lautsprecher«, berichtete Dawleen. »Die Yoyos wollen die Station sprengen. Die Besatzung wurde aufgefordert, sich sofort in den Hangar zu begeben.«

»Scheiße!« Das war die Stimme eines anderen Mannes. »Hier Sergeant Wenker, Squad eins. Sind Sie sicher, daß es sich nicht nur um einen Trick der Yoyos handelt, damit wir uns zurückziehen?«

Dawleen überlegte kurz. Die Möglichkeit war nicht von der Hand zu weisen, doch gleich darauf fiel ihr etwas ein, das nicht ins Bild paßte.

»Dann hätte man die Meldung mit Sicherheit über Com-Link verbreitet«, erwiderte sie. »So jedoch war ich die einzige, die sie durch Zufall mitgehört hat.«

»Stimmt«, ergriff Delware wieder das Wort. »Die Selbstzerstörung wurde mit Sicherheit von der Zentrale aus ausgelöst. Wenn überhaupt, kann sie auch nur dort wieder abgeschaltet werden. Wir sind alle zu weit entfernt, um rechtzeitig hinzukommen, aber du könntest es von der Zentralachse aus schaffen, Mädchen.«

»Aber wenn es eine Falle ist, weiß jetzt jeder Yoyo, daß Sie auf dem Weg zur Zentrale sind«, warnte Wenker.

»Wenn dagegen die Selbstzerstörung wirklich eingeleitet wurde, sitzt dort bestimmt niemand mehr, der unsere Gespräche abhört«, entgegnete Dawleen. »Ich versuche es. Alle anderen sollten sich zur Sicherheit auch auf den Weg zu den Hangars machen.«

Sie sah sich um. Der Posten hatte den Zugang zum zentralen Aufgang bewacht, dem schnellsten Weg nach oben. Dawleen trat an den verkohlten Überresten des Yoyodyne vorbei und betätigte die Öffnungsautomatik. Ein Blick auf die rote Warntafel zeigte, daß der zentrale Antigrav abgeschaltet worden war. Also blieb ihr nur die Treppe.

Dawleen begann zu rennen.

In schier endlosen Windungen schraubte sich die Treppe in die Höhe. Immer mehrere Stufen auf einmal nehmend, stürmte Dawleen höher. Sie war ungefähr vierzig Meter unterhalb der Zentrale in die Station eingedrungen. Jede Stufe war ungefähr zwanzig Zentimeter hoch, was bedeutete, daß sie rund zweihundert Stufen vor sich hatte.

Zweihundert Stufen, die über Leben und Tod entscheiden würden.

Dawleen war gut durchtrainiert, und unter normalen Umständen hätte der Aufstieg ihr nichts ausgemacht. Nun aber merkte sie, daß die Verletzung sie doch stärker geschwächt hatte, als sie bislang angenommen hatte.

Daran änderte auch die aufputschende Droge nichts, die ihr lediglich half, vorübergehend Kräfte freizusetzen, die normalerweise tief in ihrem Unterbewußtsein schlummerten. Aber auch wenn Dawleen keine Erschöpfung spürte, so lähmte die Schwäche doch ihren Körper. Sie hatte anscheinend viel Blut verloren, obwohl nur wenig aus dem kleinen Loch in ihrem Schutzanzug nach draußen gedrungen war. Die Finger ihrer linken Hand fühlten sich klebrig an, und sie konnte den Arm kaum noch bewegen. Wie ein Stück totes Fleisch hing er an ihrer Seite herab.

Mehrmals begannen die Stufen vor ihren Augen zu verschwimmen. Trotzdem quälte sie sich weiter, wagte keine Ruhepause einzulegen.

Sie war so darauf bedacht, Stufe um Stufe zu erklimmen, daß sie fast an der Etage, auf der sich die Zentrale befand, vorbeigelaufen wäre. Als sie bemerkte, daß sie ihr Ziel fast erreicht hatte, lehnte sie sich ermattet gegen die Wand und rang keuchend nach Luft. Schwarze Kreise tanzten vor ihren Augen.

Dennoch gönnte sie sich nicht mehr als einige Sekunden Pause, da sie nicht wußte, wieviel Zeit ihr noch blieb. Die Aufforderung zum Verlassen der Station war während der ganzen Zeit nicht mehr wiederholt worden. Sie wertete es als ein fast sicheres Zeichen, daß sie keinem Bluff der Yoyodyne aufgesessen war, sondern die Selbstzerstörung tatsächlich aktiviert worden war. Im Falle eines Tricks wäre die Meldung sicherlich pausenlos wiederholt worden, um unter den Angreifern Panik zu verbreiten. Auch hatte sich ihr niemand entgegengestellt, um sie aufzuhalten. Offenbar war die Zentrale also wirklich geräumt worden; niemand hatte den kurzen Funkverkehr abgehört.

Dawleen taumelte einen kurzen Gang entlang, dann

hatte sie den Eingang zur Zentrale erreicht. Sie zog den Laser von der Magnethalterung, ehe sie das Schott aufgleiten ließ. Auch hier lauerte keine Falle; wie sie nicht anders erwartet hatte, war die Zentrale leer, nur von einer Notbeleuchtung sowie blinkenden bunten Lämpchen und dem bernsteinfarbenen oder giftig grünen Widerschein von Computermonitoren.

Zumindest war dies Dawleens erster Eindruck. Dann jedoch erblickte sie den älteren, grauhaarigen Mann, der mit untergeschlagenen Beinen auf dem Boden saß. Vor ihm lagen zwei Schwerter, ein langes Katana mit gebogener, rasiermesserscharfer Klinge, und ein kürzeres, das bereits aus seiner Hülle gezogen war.

Dawleen kannte sich in dem in vielen Teilen auf die Regeln der Samurai zurückgehenden Ehrenkodex der Yoyodyne gut genug aus, um sofort zu begreifen, was dies zu bedeuten hatte. Das kurze Schwert diente ausschließlich dem Seppuku, dem rituellen Selbstmord, oftmals fälschlich als Harakiri bezeichnet. Selbst im vierundvierzigsten Jahrhundert galt es bei den Yoyodyne noch als höchst ehrenvoll, sich nach einer Niederlage selbst den Bauch aufzuschlitzen; oft war es sogar der einzige Weg, die Familie und das eigene Andenken von einer Schmach zu reinigen.

Der Mann wurde von Dawleens Eindringen ebenso überrascht wie sie von seinem Anblick, aber diesmal war sie auf eine eventuelle Gefahr vorbereitet und überwand ihre Überraschung als erste. Noch bevor der Unbekannte seinen Laser ziehen konnte, hatte sie den ihren bereits auf ihn gerichtet.

»Keine Bewegung!« stieß sie hervor. Ihr Befehl wurde über den kleinen Außenlautsprecher ihres Helmes übertragen.

Der Mann erstarrte und sah sie mit ausdruckslosem

Gesicht an. Es konnte sich nur um den Befehlshaber von Orbiter VII handeln. Kein anderes Besatzungsmitglied wäre freiwillig zurückgeblieben.

»Sie sind der Kommandant der Station«, sagte sie ihm auf den Kopf zu. »Stellen Sie unverzüglich die Selbstzerstörung ab!«

Der Mann lächelte bitter.

»Ich wüßte nicht, warum ich das tun sollte.«

Beinahe wäre Dawleen zu spät bewußt geworden, wie sinnlos es war, einen Mann, der bereits mit dem Leben abgeschlossen hatte und sich auf den Selbstmord vorbereitete, mit einer Waffe in Schach halten zu wollen. Daß er überhaupt mit ihr geredet hatte, war nur ein Ablenkungsmanöver gewesen. Unmerklich hatte sich seine Hand weiter seinem Laser genähert, nun riß er die Waffe hoch.

Trotzdem war er eine Winzigkeit zu langsam. Dawleen drückte ab, noch bevor er seine Waffe ganz in ihre Richtung geschwenkt hatte. Der gebündelte grelle Energiestrahl bohrte sich in die Brust des Mannes und tötete ihn.

Dawleen achtete nicht weiter auf ihn, sondern hastete zum Hauptschaltpult. Auf einem winzigen Monitor waren rote Ziffern zu sehen, die den Countdown bis zur Sprengung rückwärts zählten. Die Uhr stand auf zweihundertzwölf Sekunden.

Da sie wußte, wie sinnlos es wäre, den Countdown zu stoppen, solange sie den richtigen Code nicht kannte, versuchte Dawleen es erst gar nicht. Statt dessen trat sie ein paar Schritte zurück, stellte ihren Laser auf breite Fächerwirkung und bestrich das gesamte Schaltpult damit. Die Armaturen schmolzen unter der unvorstellbaren Hitzestrahlung, dann verging das Pult in einer Wolke verschmorender Schaltkreise und auseinanderspritzenden Plasts.

Aber würde das allein ausreichen, um die Selbstzerstörung zu stoppen?

Sie erhielt die Antwort gleich darauf, als eine monotone Computerstimme losrasselte:

»Selbstzerstörungsmechanismus aktiviert. Zweihundertfünf Sekunden bis zur Detonation.«

Dawleen stieß einen Fluch aus. Alles, was sie erreicht hatte, war eine Aktivierung der akustischen Zählung des Countdowns. Sie hätte auch die anderen Pulte und Terminals in Schlacke verwandeln können, doch sie bezweifelte, daß dies mehr als die Verschwendung kostbarer Zeit gewesen wäre. Hier, in der Zentrale, hatten sich nur die Armaturen zur Auslösung der Selbstzerstörung befunden. Der eigentliche Mechanismus befand sich ganz woanders. Die Bombe sowieso.

Keine dreieinhalb Minuten mehr.

Von der Zentrale aus war es nicht allzu weit bis zum Hangar. Wäre sie fit gewesen, hätte sie eine gute Chance gehabt, diesen noch rechtzeitig zu erreichen, nicht jedoch in ihrem geschwächten Zustand. Trotz der Droge fiel ihr jeder Schritt schwer, als sie sich umwandte und zum Ausgang der Zentrale eilte. Sie war am Ende ihrer Kräfte.

»Zweihundert Sekunden bis zur Detonation«, schnarrte die Computerstimme.

Direkt am Schott der Zentrale tauchte plötzlich eine Gestalt vor ihr auf. Um ein Haar wäre Dawleen mit ihr zusammengeprallt. Sie sah alles nur noch verschwommen, taumelte zurück und versuchte, ihren Laser hochzureißen, doch die Waffe schien mit einem Mal Zentner zu wiegen.

Aber auch ihr Gegenüber schoß nicht, obwohl er ebenfalls eine Waffe in der Hand hielt. Statt dessen griff er nach ihr.

Alles drehte sich vor Dawleens Augen. Das letzte, was

sie bewußt wahrnahm, war das Namensschild über Sergeant Delwares Helmvisier, dann brach sie zusammen.

»Verdammt, ich möchte zu gerne wissen, was da drüben los ist«, stieß Commander Macciano zum wiederholten Male hervor und wanderte in der Kommandozentrale des schweren Kreuzers auf und ab, wie er es schon seit Beginn des Einsatzes tat.

Der recht heftige – aber dennoch erfolglose – Beschuß der *Utah* hatte bereits vor mehreren Minuten aufgehört, und nun waren auf dem Hauptbildschirm eine beträchtliche Anzahl Shuttles und Landemodule zu erkennen, die Orbiter VII verließen und Kurs auf Gandamak nahmen.

Captain Fitzmann seufzte. Seiner Schätzung nach mußte Macciano im Laufe der letzten halben Stunde auf diese Art bereits mehrere Kilometer zurückgelegt haben. Am liebsten hätte er den Commander schlichtweg ignoriert, doch immerhin hatte er es mit einem ranghöheren Offizier zu tun.

»Ich weiß jetzt auch nicht mehr als vor zwei Minuten«, antwortete er. »Schließlich bin ich kein Hellseher.«

»Aber Sie haben den Einsatzplan ausgearbeitet!«

Widerstrebend wandte Fitzmann den Blick nun doch von seinem Monitor ab und sah Macciano verärgert an.

»Deshalb weiß ich noch lange nicht, was jetzt da drüben vorgeht. Es kann sein, daß alles wie geplant geklappt hat, es kann auch sein, daß das ganze Unternehmen eine einzige Katastrophe ist und keiner meiner Leute da drüben mehr lebt. Dazwischen gibt es noch ein paar hundert andere Möglichkeiten.«

»Aber was ist mit den Shuttles?« drängte Macciano. »Warum verlassen die Shuttles die Station? Glauben Sie, daß die Yoyos aufgegeben haben und fliehen?«

»Dann hätten wir bereits das vereinbarte Zeichen von unseren Squads erhalten.« Da die *Utah* immer noch Störimpulse aussandte, die jeden Funkverkehr verhinderten, würden die Einsatzgruppen die Eroberung der Station durch eine ganz bestimmte Folge von Laserschüssen mitteilen.

»Wir sollten –« begann Macciano, doch er kam nicht mehr dazu, den Satz zu Ende zu sprechen. Einer der anwesenden Männer stieß einen überraschten Laut aus und deutete auf den Hauptbildschirm, der zu einem guten Viertel vom Bild der Raumstation im Orbit Gandamaks eingenommen wurde.

»Da drüben gibt es einen sprunghaften Energieanstieg!« rief er. »Die Werte sind ganz unglaub . . .«

Er sprach nicht weiter. Sie alle konnten auf dem Bildschirm die erschreckende Veränderung beobachten, die mit Orbiter VII vor sich ging. Für Bruchteile von Sekunden schien sich die gesamte Außenhülle der Station regelrecht aufzublähen, dann brach an mehreren Stellen zugleich grelles, weißes Licht hervor. Ein gewaltiger Glutball bildete sich dort, wo sich soeben noch Orbiter VII befunden hatte.

Die Verdunklungsautomatik dämpfte die Lichtintensität des Bildschirms, so daß die Menschen in der Zentrale der *Utah* beobachten konnten, was passierte, ohne geblendet zu werden. Der Glutball dehnte sich mehrere Sekunden lang in rasender Geschwindigkeit aus, dann löste er sich auf. Das grelle Licht erlosch. Wo sich die Station befunden hatte, trieben nur noch Tausende und Abertausende winziger Trümmerstücke durch das All.

»Mein Gott«, murmelte Fitzmann erschüttert. Er war blaß geworden. »Sie ist explodiert!«

Synfile V

»Stufe fünf?« wiederholte Dawleen und musterte die Kampfdrohnen skeptisch. »Ich weiß nicht. Ich traue den verdammten Dingern nicht.«

»Komm schon, du wirst doch auf deine alten Tage nicht plötzlich noch feige werden?« Herausfordernd grinste McKenna sie an. »Stufe vier wird mir allmählich zu langweilig, da schläft man ja ein. Jeder von uns hat das Ding doch nach spätestens zwei Minuten überwunden.«

»Trotzdem.« Dawleen zögerte weiterhin. »Stufe fünf ist allein für Extremtraining vorgesehen, und so weit sind wir noch lange nicht. Seit ich hier bin, habe ich noch nie erlebt, daß es jemand auf Stufe fünf versucht hat.«

»Komm schon, seit wann bis du feige? Extremtraining, meinetwegen. Schließlich sind wir beide auch die besten unseres Jahrganges. Ich pfeife auf die dämlichen Vorschriften.«

Dawleen spürte, wie ihr Widerstand allmählich zu bröckeln begann. Sie musterte den Trainigsroboter einige Sekunden lang, dann sah sie wieder McKenna an. Seine Augen strahlten vor Aufregung und Vorfreude.

»Jetzt gib dir endlich einen Ruck«, drängte McKenna. »Falls wir ernsthaft in Schwierigkeiten geraten sollten, können wir das Training ja immer noch abbrechen.«

Dieses Argument gab den Ausschlag. Insgeheim hatte Dawleen selbst schon ein paar mal mit dem Gedanken gespielt, heimlich den Schwierigkeitsgrad des Kampftrainings zu erhöhen, auch wenn dies gegen alle geltenden Vorschriften verstieß. Aber sie hatte ohnehin noch nie viel auf Bestimmungen und Vorschriften gegeben, und die Gelegenheit war außerordentlich günstig. Sie waren allein in der Trainingshalle.

»Also gut«, stimmte Dawleen schließlich zu. »Wollen wir doch mal sehen, wer von uns wirklich besser ist.«

Daran gab es im Grunde keinen Zweifel. McKenna wußte sich seiner Haut ganz gut zu wehren, besser sogar als die meisten anderen des Jahrganges, aber seine eigentliche Begabung lag im technischen Bereich, bei der Bedienung von Instrumenten. Dementsprechend war er ein hervorragender Pilot, sehr viel besser als Dawleen, wie sie neidlos zugab.

Was jedoch Kampftechniken betraf, so hatte er niemals eine Chance gegen sie gehabt. Von Kindheit an hatte sie gelernt, sich ihrer Haut zu wehren. Auf Leute wie Angel war sie überall gestoßen, und mehr als einmal hatte ihr Leben davon abgehangen, daß sie um eine Winzigkeit skrupelloser oder eine Zehntelsekunde schneller reagierte als ihr jeweiliger Gegenüber. Es hatte für sie nie einen Zweifel gegeben, daß sie zum Militär gehen würde, sobald sie das nötige Alter erreichte.

Erst hier, auf der Militärakademie, hatte sich für sie alles geändert. Niemand interessierte sich hier dafür, wer sie war und woher sie kam; hier zählten ausschließlich ihre Leistungen. Es war das erste Mal in ihrem Leben, daß sie das Gefühl hatte, von anderen akzeptiert zu werden und Freunde zu haben. Sie hatte den richtigen Platz für sich gefunden, obwohl sie auch hier ihre fast krankhafte Neugier und ihr ständiges Streben, in allem möglichst perfekt zu sein, nicht ablegen konnte.

Sie sah zu, wie McKenna von einem Kontrollpult an

der Wand aus die Drohnen programmierte, und überzeugte sich ein letztes Mal, ob die metallenen Schutzschienen an ihren Schienbeinen und Unterarmen richtig saßen.

»Stufe fünf!« rief McKenna. »Paß auf, es geht los!«

Leise brummend erwachte die eiförmige, etwa einen Meter durchmessende Drohne ein Stück vor Dawleen zum Leben. Mit einem Schaben glitten die zahlreichen unterschiedlich geformten Klingen aus den Schlitzen. Sie sahen gefährlicher aus, als sie waren, denn obwohl sie so lackiert waren, bestanden sie nicht aus Metall, sondern aus Kunststoff, da es sich schließlich nur um ein Übungsgerät handelte. Dennoch konnten die Drohnen ziemlich schmerzhafte Schläge austeilen und einem allzu unvorsichtigen Schüler durchaus schwere Verletzungen zufügen, auch wenn Dawleen noch nicht gehört hatte, daß es dabei jemals Tote gegeben hätte.

Sie nahm Kampfstellung ein, als die Klingen und Kunststoffdolche in verschiedenen Richtungen zu rotieren begannen und die Drohne auf sie zuschwebte. Der Unterschied zu den anderen Stufen war erkennbar: Es gab mehr Klingen, und sie bewegten sich schneller, aber Dawleen hatte mehr erwartet.

Zunächst wich sie Schritt für Schritt zurück, um das System hinter den Bewegungen der Drohne zu ergründen. Hatte sie dieses erst einmal erkannt und verinnerlicht, würde es ihr nicht mehr schwerfallen, den Angriffen auszuweichen und Schwachstellen dazu auszunutzen, an die Maschine heranzukommen.

Immer weiter wich Dawleen nach hinten, bis sie erkannte, daß sie der Wand bereits bedrohlich nahe gekommen war. Wenn sie sich noch ein Stück zurückdrängen ließe, wäre sie in ihrer Beweglichkeit zu stark eingeschränkt.

Dawleen entschloß sich, ihrerseits zum Angriff überzugehen. Sie täuschte eine Bewegung nach links an, warf sich gleich darauf nach rechts und trat mit dem Fuß nach einer der Klingen, um sie abzubrechen und eine Lücke zu schaffen.

Zu spät begriff sie, daß sie die Drohne entscheidend unterschätzt hatte. In der eingestellten Stufe fünf war das Maschinenwesen nicht nur schneller, sondern völlig anders programmiert. Seine bisherige Langsamkeit hatte Dawleen gründlich getäuscht.

Die Drohne wirbelte mit überraschend blitzartiger Geschwindigkeit herum und zog die bedrohte Klinge ein. Dawleens Tritt ging ins Leere, zugleich zuckte eine der anderen Klingen darüber nach unten und hämmerte wuchtig auf ihr Schienbein. Trotz der Beinschiene verspürte Dawleen einen heftigen Schmerz. Ohne den Schutz wäre der Knochen mit Sicherheit gebrochen gewesen, und das war die deutlichste Warnung, die sie bekommen konnte.

Sie wich wieder zurück und sah zu McKenna hinüber, der sich ein paar Meter von ihr entfernt befand. Auch er hatte sichtliche Schwierigkeiten.

»Schalt es ab!« brüllte Dawleen. »Sofort abschalten! Dagegen kommen wir nicht an!«

»Ich komme nicht mehr ran!« rief McKenna zurück. Er befand sich ein gutes Stück von der Kontrolltafel entfernt, und seine Drohne versperrte ihm den Weg – genauso, wie es auch bei Dawleen der Fall war. Offensichtlich hatte das Verhalten der beiden Trainingsroboter genau dies zum Ziel gehabt, und sie versuchten jetzt auch gar nicht mehr, ihre wahre Schnelligkeit zu verbergen.

Der Roboter vor Dawleen verwandelte sich in ein Etwas, das ganz in einen Kreis aus rotierenden Klingen gehüllt zu sein schien, die so schnell wirbelten, daß die

Bewegungen einzeln nicht mehr wahrzunehmen waren. Hätten sie tatsächlich aus scharfem Stahl bestanden, hätte Dawleen nicht einmal die erste Minute des Angriffs überstanden.

Ohne daß sie auch nur die Gelegenheit zu einem einzigen halbwegs erfolgversprechenden Gegenangriff erhielt, hetzte die Drohne sie durch die Halle, dabei sorgsam darauf bedacht, sie nicht in die Nähe der Kontrolltafel gelangen zu lassen.

Vereinzelt gelang es Dawleen, Schlägen oder Stößen auszuweichen, aber es waren nur wenige im Vergleich zu denen, die sie trafen, und obwohl die Hiebe nicht tödlich waren, so verursachte doch jeder einzelne von ihnen ihr höllische Schmerzen. In ein paar Stunden würde ihr ganzer Körper vor Blutergüssen grün und blau sein.

Zudem schwächte jeder Treffer sie ein klein wenig mehr, lähmte ihre Gegenwehr und machte sie noch langsamer, wohingegen der Roboter keine Schwäche kannte. Er würde sie weiter jagen, bis . . .

Ja, bis wann eigentlich? fragte sich Dawleen verzweifelt. Erst jetzt begriff sie das volle Ausmaß der Gefahr, in der sie sich befand. Es konnte noch Stunden dauern, bis irgend jemand in die Trainingshalle kam, doch sie würde den ungleichen Kampf nicht mehr länger als ein paar Minuten durchhalten, und McKenna erging es bestimmt nicht anders. Dawleen hatte geglaubt, daß die Trainingsdrohnen keine ernsthafte Bedrohung darstellten, zumal sie ja nicht mit scharfen Klingen ausgestattet waren. Nun jedoch wurde ihr jäh bewußt, daß man jemanden nicht nur mit Klingen aus scharfem Stahl umbringen konnte, sondern daß dazu auch solche aus Kunststoff ausreichten, wenn man nur oft genug damit zuschlug.

Der Gedanke lenkte sie für einige entscheidende Sekundenbruchteile ab. Sie erhielt zwei schmerzhafte

Schläge gegen die Brust, eine weitere Klinge konnte sie mit den Schienen an ihren Unterarmen abwehren.

Ein gellender Schrei ertönte ein Stück von ihr entfernt. Während der letzten Minuten war Dawleens Aufmerksamkeit vollständig von der Drohne in Anspruch genommen worden; sie hatte keine Gelegenheit gehabt, sich um McKenna zu kümmern. Der Schmerzensschrei jedoch ließ sie herumfahren.

McKenna mußte versucht haben, einen Gegenangriff zu unternehmen, im gleichen Moment, in dem sich auch die Drohne auf ihn zubewegt hatte. Eine ihrer Klingen hatte ihn in so ungünstigem Winkel getroffen, daß sie sich tief in seinen Oberschenkel gebohrt hatte.

Entsetzt erkannte Dawleen, daß ihre Befürchtungen über die wahre Gefährlichkeit der Drohnen vollauf berechtigt waren. Sie verstand nicht mehr, wie sie sich von McKenna zu diesem wahnsinnigen Unterfangen hatte überreden lassen können, aber aus dem vermeintlichen Abenteuer war mittlerweile tödlicher Ernst geworden.

Dawleen konnte nur einen kurzen Blick zu McKenna hinüberwerfen, dann mußte sie sich wieder gegen die Attacken ihrer eigenen Drohne zur Wehr setzen, doch ihr war drastisch bewußt geworden, daß sie in direkter Lebensgefahr schwebte. Und nicht nur sie; auch McKennas Leben hing allein von ihr ab.

In dieser Situation faßte Dawleen einen verzweifelten Entschluß. Sie durfte den Kampf nicht in die Länge ziehen und sich dabei immer weiter schwächen lassen. Sie mußte eine direkte Entscheidung suchen. Obwohl der Trainingsroboter ihr weit überlegen war, durfte sie nicht länger in der Defensive bleiben und ständig nur zu fliehen versuchen. Ihre einzige, winzige Chance bestand darin, an den kleinen Schalter im Nacken der Drohne zu kommen, selbst wenn das bedeutete, daß sie sich dafür direkt mitten zwischen die wirbelnden und rotierenden Klingen stürzen mußte.

Es war ein irrsinniger, geradezu selbstmörderischer Entschluß, der nicht aus klarem Überlegen, sondern aus purer Intuition geboren wurde, und wahrscheinlich hätte Dawleen ihn als absurd verworfen, wenn sie nur ein oder zwei Sekunden Zeit gehabt hätte, darüber nachzudenken. Diese Zeit jedoch blieb ihr nicht; vor allem blieb McKenna nicht. Wollte sie ihn retten, mußte sie ihm schnellstmöglich zu Hilfe kommen. Ihr blieb keine andere Wahl.

Sie wehrte zwei blitzschnell geführte Hiebe ab, einen mit ihrem geschützten Unterarm, den anderen durch einen Tritt, dann sprang sie vor, direkt auf die Drohne zu.

Dawleen hatte die Arme schützend vor das Gesicht erhoben, aber überall sonst trafen sie mehr als ein Dutzend wuchtiger Schläge gleichzeitig. Der Schmerz war unbeschreiblich und drohte Dawleen zu lähmen, doch das ließ sie nicht zu.

Zwei Klingen zerbrachen unter dem Anprall ihres Körpers, eine weitere verbog sie mit einem Tritt, dann hatte sie den eiförmigen Drohnenkörper erreicht. Die Klingen, die sie gerade noch bedroht hatten, boten ihr nun Halt.

Ohne sich auch nur eine Sekunde Ruhe zu gönnen, hämmerte Dawleen ihren Ellbogen mit aller Kraft auf eines der insgesamt drei gerasterten Sensoraugen des Droiden, die es ihm ermöglichten, in alle Richtungen zugleich zu sehen. Das Glas zersplitterte beim zweiten Schlag. Es gab einen Kurzschluß; bläuliche Funken sprühten auf.

Dawleen hämmerte ihre Faust gegen ein weiteres Sensorauge. Diesmal mußte sie dreimal zuschlagen, um das Spezialglas zu zerstören. Die Haut an ihren Fingerknöcheln platzte auf, und sie erhielt einen mittelstarken

Elektroschock, als es einen weiteren Kurzschluß gab. Ungefährlich, aber schmerzhaft.

Der Geruch von schmorendem Gummi und verbranntem Fleisch erfüllte die Luft, doch Dawleens Plan ging auf. Die Drohne war nun zu einem Großteil ihrer Wahrnehmungsmöglichkeiten beraubt. Wie erhofft, stellte sie ihre Aktivitäten in sämtlichen Bereichen ein, die sie nicht einsehen konnte, und das betraf immerhin zwei Drittel ihres Kampfradius.

Dawleen entriegelte die winzige Platte neben einem der zerstörten Sensoraugen und öffnete sie. Hastig drückte sie den darunter befindlichen Hauptknopf, mit dem sich die Drohne deaktivieren ließ. Das Summen im Innern des Metallkörpers erstarb. Aufatmend sprang Dawleen zu Boden und wandte sich der zweiten Drohne zu, in der Erwartung, daß diese noch immer McKenna bedrängte. Sie sah sich getäuscht.

McKenna lag reglos auf dem Boden und hatte offenbar das Bewußtsein verloren. Jedenfalls hoffte Dawleen, daß es nur das Bewußtsein war.

Am meisten verwundert aber war sie darüber, daß sich auch die Drohne nicht regte.

Vorsichtig näherte sich Dawleen ihr, jeden Moment auf einen Angriff gefaßt, doch der Droide blieb reglos. Als sie direkt daneben stand, stellte sie fest, daß auch diese Drohne deaktiviert war, obwohl sie sich nicht vorstellen konnte, wie McKenna dies noch geschafft hatte.

Dawleen beugte sich zu ihm herab. Sein Brustkorb hob und senkte sich, sein Atem ging sogar recht kräftig. Sie tastete nach seinem Puls. Sein Herz schlug langsam, aber regelmäßig. Die Wunde schien nicht allzu schlimm zu sein, vermutlich war McKenna nur durch die in ihrer Gesamtheit übermächtigen Schmerzen ohnmächtig geworden.

Schwindelgefühl überwältigte Dawleen, und jetzt spürte sie auch wieder die eigenen Schmerzen, die sie während der letzten Minute völlig unterdrückt hatte. Es schien keine einzige Stelle an ihrem Körper zu geben, die nicht weh tat. Ihr wurde schwarz vor Augen, und sie spürte Übelkeit in sich aufsteigen. Würgend erbrach sie sich.

Die Tür der Trainingshalle wurde aufgerissen, und Sergeant Delware kam hereingestürmt. Ihm folgten zwei Sanitäter.

»Was ist denn hier los?« brüllte Delware. »Habt ihr den Verstand verloren? Was habt ihr gemacht?«

»Wir wollten . . . versuchen, ob wir die Drohnen . . . auch bei Stufe fünf schlagen können«, keuchte Dawleen.

»Ihr seid ja verrückt, alle beide. Was glaubt ihr wohl, weshalb es ausdrücklich verboten wurde?«

»Wir haben . . .«

»Ihr habt euch wieder mal nicht um die Vorschriften gekümmert!« polterte Delware. »Ihr hättet sterben können!«

»Wir haben es immerhin geschafft, die Drohnen zu deaktivieren«, stieß Dawleen trotzig hervor.

Delware schnaubte. Die beiden Sanitäter verpaßten McKenna eine Spritze und legten ihm einen Verband an.

»Die Drohne hat sich ihrer Programmierung gemäß selbst deaktiviert, nachdem McKenna am Boden lag und das Bewußtsein verloren hat. Gleichzeitig ging ein Alarm los.«

»Scheiße!« Dawleen schnitt eine Grimasse. »Heißt das, ich hätte mich auch nur fallenlassen brauchen, und schon hätte ich Ruhe gehabt?«

»Natürlich. Was glaubst du, warum deine Drohne sich sonst wohl abgeschaltet hat? Ich dachte, du hättest das geschnallt? Stufe fünf ist Extremtraining. Niemand kann die Drohnen in diesem Modus im Kampf besiegen. Die einzige Chance gegen einen so übermächtigen Gegner besteht darin, sein Denken völlig auszuschalten. Man darf den Klingen nicht ausweichen, sondern muß sich trotz aller Schmerzen direkt hineinstürzen, um ans Zentrum des Droiden zu gelangen. Die Übungen auf Stufe fünf dienen nur dazu, dies zu lernen und zu trainieren. Aber soweit seit ihr in eurer Ausbildung noch lange nicht.«

»Ich habe mich nicht geschlagen gegeben«, erklärte Dawleen ruhig. »Und die Drohne hat sich auch nicht selbst abgeschaltet. Ich habe sie deaktiviert. Auf genau die Art, die Sie gerade beschrieben haben.«

Delware starrte sie einige Sekunden lang sprachlos an, dann ging er zu der Drohne hinüber und betrachtete die beiden zerstörten Sensoraugen. Kopfschüttelnd wandte er sich wieder Dawleen zu.

»Du bist verdammt clever, Mädchen«, sagte er ernst. »Vielleicht sogar cleverer, als gut für dich ist. Ich hoffe nur, daß dich nicht gerade diese Cleverness irgendwann mal um Kopf und Kragen bringt.«

Dawleen ließ sich zurücksinken und schloß die Augen.

Das erste, was Dawleen nach dem Aufwachen registrierte, war ein schier unerträglicher Kopfschmerz. Instinktiv wollte sie einen Arm heben, um sich die Hand auf die Stirn zu legen, doch etwas hielt sie zurück. Auch mit dem Versuch, ihre Augen zu öffnen, hatte sie keinen größeren Erfolg.

Sie befand sich in einem Fahrzeug. Das verrieten ihr die leichten Schwankungen des Bodens, und sie war nicht allein, soviel konnte sie immerhin wahrnehmen. Es wurde kein Wort gesprochen, doch sie hörte Atemzüge und die leisen Geräusche, die Menschen unwillkürlich verursachten: das leise Knistern von Stoff, das Rascheln beim Verrutschen auf einem Sitz und dergleichen mehr. Außerdem lag sie nicht, sondern saß aufrecht.

Wo war sie?

Was war geschehen?

Verzweifelt bemühte sich Dawleen, ihre Erinnerungen zu ordnen und Antworten auf diese Fragen zu finden. In ihrem Kopf herrschte Chaos, verschiedene Bilder überlappten sich. Bilder der Trainigshalle, in der sie gegen die Drohne gekämpft hatte, aber auch Bilder von einer Raumstation, von Feuer, Kampf und Tod. Es fiel ihr schwer zu unterscheiden, was nur Traum und was Wirklichkeit gewesen war.

Orbiter VII . . . Yoyodyne . . . Selbstzerstörungsautomatik . . .

Plötzlich fiel ihr alles wieder ein. Der Trainingskampf war ein Traum gewesen, lediglich eine Erinnerung an ihre Ausbildungszeit. Realität hingegen war Orbiter VII.

Die Station würde explodieren, und . . .

Diesmal gelang es Dawleen, die Augen zu öffnen. Helligkeit umgab sie, und für ein paar Sekunden verschlimmerte sich der Schmerz in ihrem Kopf noch mehr. Glühende Messer schienen sich in ihre Schläfen zu bohren.

»Sie wacht auf«, vernahm sie eine Stimme.

Eine Nadel bohrte sich in ihren rechten Arm. Dawleen blinzelte ein paarmal, dann schälten sich die Umrisse eines Gesichts aus dem grellen Licht. Sekunden später sank der Schmerz auf ein erträgliches Maß.

Dawleen erkannte das Gesicht vor sich als das von Sergeant Delware. Er hatte den Helm abgenommen und blickte sie besorgt an. Delware war alles andere als attraktiv; er hatte ein hageres Gesicht mit eingefallenen Wangen, grobporiger Haut und einem vorstehenden Pferdegebiß. Dennoch war es für Dawleen im Moment der schönste Anblick, den sie sich vorstellen konnte.

Gleichzeitig erschreckte es sie aber auch. Delwares rötliches Haar war verschwitzt und klebte ihm am Kopf, und er sah aus, als wäre er in den letzten Stunden um Jahrzehnte gealtert. Er war eigentlich alt genug, um ihr Vater zu sein, doch Erschöpfung und Schrecken hatten solche Spuren in seinem Gesicht hinterlassen, daß man ihn im Augenblick eher für ihren Großvater hätte halten können.

»Wie fühlst du dich?«

Dawleen fand, daß dies eine äußerst dämliche Frage war. Sie schluckte ein paarmal, bis die Trockenheit einigermaßen aus ihrem Mund verschwunden war. Sie erkannte, daß sie in einem Sitz festgeschnallt war, deshalb hatte sie die Arme nicht bewegen können.

»Ging . . . mir schon . . . besser«, brachte sie mühsam heraus und leckte sich über die rissigen Lippen. »Was . . . was ist . . . passiert?«

Sie blickte an Delware vorbei und entdeckte McKenna, der am Kontrollpult des Fahrzeuges saß. Auf dem Sichtschirm vor ihm waren nur verschwommene Schlieren und Schattierungen in verschiedenen Grautönen zu erkennen. Der blondhaarige Kadett mit dem für sein Alter etwas zu sanft und kindlich erscheinenden Gesicht drehte sich kurz zu ihr um und lächelte ihr zu, bevor er sich wieder den Kontrollen zuwandte.

»Wo sind wir?« fügte sie noch hinzu.

Delware grinste.

»Immer der Reihe nach«, sagte er. »Woran erinnerst du dich noch?«

»Wir . . . waren auf der Station«, berichtete Dawleen stockend. Noch immer fiel ihr das Sprechen schwer.

»Die . . . die Selbstzerstörung . . . wurde aktiviert. Ich . . . habe es bis zur . . . Zentrale geschafft. Konnte den . . . den Kommandanten töten. Dann . . .«

Sie bemühte sich, weitere Erinnerungen aus ihrem Gedächtnis hervorzukramen, doch es gelang ihr nicht. Alles, was anschließend passiert war, blieb wie hinter einem dichten Nebel verborgen.

»Nachdem du gesagt hattest, daß du verletzt bist, habe ich mir schon gedacht, daß du es aus eigener Kraft nicht schaffen würdest«, ergänzte Delware. »Während McKenna und Lerange sich den Weg zum Hangar freigekämpft und ein Landemodul startklar gemacht haben, bin ich dir zur Zentrale gefolgt. Du warst fast ohnmächtig, als ich dich fand. Ich hab' dich halb tragen müssen, aber wir haben es gerade noch rechtzeitig zum Modul geschafft. Wenn wir nur ein paar Sekunden später gestartet wären . . .«

»Die Station . . . ist explodiert?«

»Und wie. So ein Feuerwerk habe ich selten gesehen. Ein paar kleinere Trümmerstücke haben uns gestreift, aber die Hülle zum Glück nicht durchschlagen. Einige der Steuerdüsen haben allerdings etwas abbekommen. Das Modul läßt sich nur noch eingeschränkt manövrieren, aber McKenna ist überzeugt, daß er trotzdem eine halbwegs ordentliche Landung hinbekommt.«

Mit einem Mal fiel Dawleen etwas auf.

»Was ist mit Lerange?«

Delwares Blick verdüsterte sich, doch es war McKenna, der von seinem Platz am Steuerpult aus antwortete.

»Kaum ein Dutzend Meter vor dem Hangar gerieten wir noch in einen Hinterhalt der Yoyos. Es waren nur zwei, und ich konnte sie töten, aber vorher haben sie Lerange von hinten erschossen. Verdammte Bastarde!«

»Und die anderen beiden Squads?«

»Waren in zu weit entfernten Sektionen. Sie hatten keine Chance, den Hangar rechtzeitig zu erreichen.« Delware ballte die Fäuste. »Wenn ich Macciano in die Finger kriege, drehe ich ihm eigenhändig den Hals um.« Er machte eine kurze Pause und atmetete ein paarmal tief durch. »Wie geht es deinem Arm?«

Erst jetzt erinnerte sich Dawleen wieder an den Schuß, der sie an der Schulter getroffen hatte. Sie drehte ihren Kopf ein wenig. Delware hatte ihr nicht nur den Helm abgenommen, sondern auch ihren Raumanzug geöffnet. Ihre linke Schulter und ihr Oberarm waren mit einer Regenerierungsfolie aus bio-organischer Masse bedeckt. Sie bewegte vorsichtig die linke Hand – die Finger gehorchten ihr, und auch ihr Tastsinn funktionierte.

Delware bemerkte ihr Erleichterung und lächelte. »Keine Sorge, Mädchen, wie du merkst, ist noch alles dran. Ein glatter Durchschuß. Weder der Knochen noch irgendwelche wichtigen Sehnen oder Nervenstränge wurden getroffen. Außerdem hast du eine schon geradezu unglaubliche Konstitution. In ein paar Tagen wirst du wahrscheinlich kaum noch etwas merken. Die Folie stammt übrigens von den Yoyos. Zur Ausstattung des Moduls gehört auch eine Medi-Box. Außerdem mußte ich dir eine Packung Blutplasma verabreichen. Dafür kannst du dich bei Gelegenheit ebenfalls bei den Yoyos bedanken.«

Dawleen schloß wieder die Augen und lauschte für ein paar Sekunden dem monotonen Geräusch der Steuerdüsen, in das sich ein fast unhörbares Pfeifen gemischt hatte.

»Wir erreichen jetzt die unteren Atmosphärenschichten«, meldete sich McKenna zu Wort. »Der Flug dürfte etwas unruhiger werden. Noch vierzig Minuten, dann erreichen wir die Oberfläche.«

Tatsächlich begann das Modul etwas stärker zu rucken, und Delware mußte sich an einem der Sitze festklammern. Dennoch löste Dawleen nach kurzem Zögern ihre Gurte, weil sie sich zu eingeengt fühlte. Sie machte probeweise einige ausholende Bewegungen mit den Armen. Mit dem linken Arm hatte sie leichte Probleme, aber bei weitem nicht so starke, wie sie befürchtet hatte.

Das Pfeifen an der Außenhülle war stärker geworden, und Dawleen beugte sich vor, um an McKenna vorbei einen besseren Blick aus dem Cockpitfenster werfen zu können. Zu erkennen war jedoch immer noch nicht viel, lediglich rasend schnell vorbeiziehende Wolken oder Gase. Die Temperatur im Landemodul würde in den nächsten Minuten zunehmen, weil der Hitzeschild in den unteren Atmosphäreschichten abgeschmolzen wurde – und genau das war das Problem.

Es war ihnen zwar gelungen, dem Tod bei der Explosion von Orbiter VII zu entrinnen, doch in Sicherheit befanden sie sich deshalb noch lange nicht. Landemodule waren Wegwerfgeräte, zur einmaligen Verwendung bestimmt und dementsprechend konstruiert: eine dünne Hülle, ein Hitzeschild, ein paar Steuerdüsen, die lediglich kleinere Kurskorrekturen ermöglichten, und ein minimales Lebenserhaltungssystem, das für etwa drei Stunden Energie hatte.

Zumindest galt dies für die Module, die von den Cybertechs zu Tausenden gebaut wurden, doch es war anzunehmen, daß die der Yoyodyne sich höchstens geringfügig davon unterschieden. Module dienten nur dem Zweck, Truppen und leichtes Gerät schnell und einfach aus dem Orbit auf einen Planeten zu befördern, vor allem, wenn sich dieser in feindlicher Hand befand. Ein Landemodul bot ein wesentlich kleineres Ziel als ein Shuttle und bewegte sich unberechenbarer – es war somit schwieriger zu treffen und erhöhte die Chancen, überhaupt das Operationsgebiet zu erreichen.

Allerdings saß man nach der Landung mit einem Modul auch auf dem betreffenden Planeten fest.

Anscheinend spiegelten sich Dawleens Gedanken überdeutlich auf ihrem Gesicht wider, denn Delware lächelte ihr beruhigend zu.

»Morgen beginnt der eigentliche Großangriff«, erinnerte er sie. »Dann landen die Bunkerbrecher der *Devastation* und der *Independence* auf Gandamak. Die Flying Fortress- und die SECS-Kompanien werden wohl nicht allzu lange brauchen, um die Yoyos zu vertreiben. Wir müssen nur bis dahin durchhalten und uns irgendwo verstecken, dann können wir morgen zu unseren Leuten vorstoßen und mit einem der Shuttles zurückfliegen.«

»Sofern wir nicht schon beim Anflug abgeschossen werden«, entgegnete Dawleen.

»Unwahrscheinlich«, behauptete McKenna. »Noch ein Vorteil der Störimpulse der *Utah*. Niemand kann uns anfunken und sich erkundigen, wer sich an Bord befindet. Die Yoyos werden vermuten, daß wir zu ihren eigenen Leuten gehören, und uns nichts tun. Es sei denn, Macciano schaltet ausgerechnet während der nächsten halben Stunde den Störsender ab. Dem Idioten würde ich auch das durchaus zutrauen.«

Delware hüstelte, überging die Disziplinlosigkeit ansonsten jedoch ohne Kommentar.

»Ich werde versuchen, möglichst weit von den Einheiten der Yoyodyne entfernt zu landen«, fuhr McKenna fort. »In den Navigationscomputern des Moduls ist der direkte Weg zur planetaren Yoyodyne-Station einprogrammiert, und mit den beschädigten Steuerdüsen kann ich nicht allzu weit davon abweichen. Zumindest ein paar Kilometer dürften aber zu schaffen sein.« Er blickte zu Delware hinüber. »Sie sollten sich jetzt auch wieder anschnallen, Sergeant«, riet er. »Wir durchfliegen gleich einige offenbar recht heftige Turbulenzen.«

Delware nickte und ließ sich auf einem der Sitze nieder. Auch Dawleen schloß ihre Gurte wieder. Sie hatte das Gefühl, gefangen zu sein. Gefangen in einem Geschoß von gerade mal sechs Metern Durchmesser, das mit irrsinniger Geschwindigkeit auf die Oberfläche Gandamaks zuraste und seinen Flug erst auf den letzten Kilometern abbremsen würde.

Aber das Problem würde nicht die Landung sein. McKenna war ein guter Pilot, und selbst wenn sich das Landemodul nur in geringem Maße steuern ließ, würde er die Kiste schon ordentlich aufsetzen.

Viel mehr Sorgen bereitete Dawleen, was sie nach der Landung erwarten mochte.

»Achtung!« brüllte McKenna, doch seine Warnung wäre nicht nötig gewesen. Dawleen hatte es sich nicht nehmen lassen, sich in ihrem Sitz so weit nach vorne zu beugen, wie es die Haltegurte zuließen, um an ihm vorbei auf einen Teil des Sichtschirmes zu starren. So hatte sie auch gesehen, wie sie der Oberfläche Gandamaks entgegengerast waren; aufgrund des veränderten Kurses in einem äußerst ungünstigen Vektor und mit viel zu hoher Geschwindigkeit.

Erst im letzten Moment ließ sich Dawleen sich wieder in ihrem Sitz zurücksinken und beugte den Kopf, bis sie mit dem Kinn ihre Brust berührte.

Gleich darauf erfolgte der Aufprall. Ein Schlag wie mit einem gigantischen Hammer traf das Modul und brachte die Hülle zum Dröhnen. Es schlug mit der Unterseite in spitzem Winkel auf der Planetenoberfläche auf und prallte davon ab wie ein flach geworfener Stein von der Oberfläche eines Sees.

Das letzte, was Dawleen auf dem Sichtschirm gesehen hatte, war ein wüstenartiges Sandbecken ohne größere Erhebungen gewesen. Für normale Landungen ein fast idealer Untergrund, doch mit den beschädigten Steuerdüsen war eben keine *normale* Landung möglich. Sie hoffte nur, daß das Erdreich tatsächlich so weich war, wie es ausgesehen hatte.

Sekunden später stürzte das Modul wieder in die Tiefe, und es gab einen zweiten, mindestens genauso heftigen Schlag, als es über die improvisierte Landefläche schleuderte und sich dabei ein Stück ins Erdreich bohrte. Dawleen wurde in ihren Haltegurten hin und her geschleudert.

Wenn es im Sand irgendwelche Felsbrocken gab . . .

Dawleen führte den Gedanken nicht zu Ende.

Das Landemodul verlor nun rapide an Geschwindigkeit und kam schließlich ganz zum Stehen. Einige Sekunden blieb Dawleen noch verkrampft und reglos sitzen, dann erst wagte sie aufzuatmen. Die Schwingungen der Außenhülle klangen allmählich ab. Das Landemodul hatte so hart aufgesetzt, daß sie alle sich bestimmt Prellungen von den Haltegurten eingefangen hatten. Dennoch – sie hatten es geschafft, waren tatsächlich heil auf Gandamak gelandet!

»Los, Leute, worauf wartet ihr noch?« riß Delwares Stimme sie nach einigen Sekunden aus ihrer Erstarrung. »Seht zu, daß ihr hier rauskommt. Es wird garantiert nicht lange dauern, bis die Yoyos auftauchen, und dann möchte ich bestimmt nicht mehr hier sein. Also los, Tempo, ausruhen könnt ihr euch später noch genug!«

Er hatte die Verschlüsse seiner Gurte bereits gelöst, war aufgestanden und stapfte zur Ausstiegsluke. Auch

Dawleen erhob sich. Sie war noch recht wackelig auf den Beinen, aber das Blutplasma hatte ihren Kreislauf wieder einigermaßen stabilisiert, und mit Sicherheit hatte Delware ihr außerdem noch eine Reihe stärkender Medikamente gespritzt. Dennoch wurde ihr nach dem Aufstehen für einen Moment schwarz vor Augen, so daß sie sich festhalten mußte, um nicht hinzufallen, und die ersten Schritte fielen ihr schwer. Dazu kam noch, daß der Boden stark geneigt war, da sich das Modul mit der Spitze voran schräg ins Erdreich gebohrt hatte. Um den Ausstieg am hinteren Ende zu erreichen, mußten sie die steile Schräge hinaufgehen.

Delware öffnete die Ausstiegsluke und kletterte ins Freie. Dawleen folgte ihm, wobei sie sorgsam darauf achtete, die Außenhülle nicht zu berühren. Trotz der Hitzeschilde mußte das Metall glühend heiß sein.

Aber heiß war es auch so, und es handelte sich nicht um die Art von Hitze, vor der man einfach Schutz im Schatten suchen konnte. Es war eine trockene, sengende Wärme, die zwar erträglicher als schwüle Hitze war, einem aber dennoch den Schweiß auf die Stirn trieb, auch ohne daß man sich bewegte. Dawleen schätzte die Temperatur auf vierzig bis fünfzig Grad. Sie fragte sich, wie lange sie das in ihren Panzerungen wohl durchstehen würden.

Dem Klima entsprach auch die Vegetation in diesem Teil Gandamaks. In drei Richtungen erstreckte sich nichts als eine nahezu ebene Sandwüste, die aufgrund der vor Hitze flimmernden Luft bereits in einigen Kilometern Entfernung mit dem Horizont verschmolz. Es gab keinerlei erkennbare Vegetation.

Lediglich in östlicher Richtung waren undeutlich ein paar niedrige, gelblich-graue Berge zu entdecken. Sie schienen die Ausläufer eines größeren Gebirgszuges zu sein, der jedoch nicht genau auszumachen war. Auch die Entfernung war schwer zu schätzen. Das allgegenwärtige Flimmern der Luft verzerrte jede Perspektive.

Möglicherweise handelte es sich bei dem Gebirge sogar nur um eine Fata Morgana, das ließ sich von hier aus nicht herausfinden.

»Scheiße«, brummte Delware. Er hatte die Hände in die Hüften gestemmt und drehte sich auf einer Ferse langsam im Kreis, wobei er die Umgebung nach irgend etwas absuchte, das für sie von Interesse sein konnte. Dawleen wußte, was ihm im Kopf herumging. Keine Deckung, soweit der Blick reichte – sie wären selbst mit einem der meist fast unbrauchbaren Ortungsgeräte von O'Schillys Freischärlern auf mehrere Dutzend Kilometer Entfernung auszumachen gewesen.

»Sieht nach einem ordentlichen Fußmarsch aus«, kommentierte McKenna die Szene und kletterte ebenfalls aus der Luke. Das Heck war alles, was von dem Landemodul noch aus dem Boden ragte. Eine breite, Hunderte Meter lange Furche im Boden markierte den Weg, den es bei der Landung genommen hatte.

»Wie weit sind wir von der Station der Yoyos entfernt?« erkundigte sich Delware.

»Ich schätze, etwa fünfzehn Kilometer, vielleicht ein paar mehr oder auch weniger. Das war alles, was ich mit den kaputten Steuerdüsen herausholen konnte, sonst wäre die Landung glatter Selbstmord gewesen.« McKennas Stimme klang entschuldigend.

»Niemand macht dir einen Vorwurf, Junge, im Gegenteil. War verdammt saubere Arbeit, die dir erst mal jemand nachmachen soll. Aber wir müssen davon ausgehen, daß die Yoyos über Luftkissen- oder Antigravfahrzeuge verfügen, und bei der geringen Entfernung heißt das, daß sie wohl schon in ein paar Minuten hier sein werden, um nach dem Rechten zu sehen. Das Landemodul gibt auf jedem Ortungsschirm ein regelrechtes Leuchtfeuer ab.« Delware blickte sich noch einmal demonstrativ um. »Nicht gerade viel Deckung. Wir können höchstens versuchen, uns irgendwo einzugraben, und hoffen, daß man uns nicht entdeckt.«

»Ich glaube nicht, daß es so schnell gehen wird«, ergriff Dawleen das Wort. »Wenn Sie mich fragen, dann dürften uns mindestens ein, möglicherweise sogar zwei Stunden bleiben.«

»Ach ja?« Delware grinste flüchtig, wurde aber sofort wieder ernst. »Die Technik der Yoyos hinkt der unseren zwar hinterher, aber so weit nun leider auch wieder nicht, daß sie nur im Zeitlupentempo fliegen können.«

Dawleen schüttelte den Kopf.

»Das meine ich nicht. Aber bei der Station sind gerade mehrere Shuttles und wahrscheinlich auch einige weitere Module gelandet. Man hat eben erst erfahren, daß Orbiter VII vernichtet wurde, und rechnet nun damit, daß auch auf Gandamak ein Angriff dicht bevorsteht. Da dürfte erst einmal ziemliches Chaos herrschen. Auf alle Fälle hat man bestimmt Wichtigeres zu tun, als sich um ein Landemodul zu kümmern, das aufgrund kaputter Steuerung ein Stück entfernt runtergekommen ist. Vor allem, wenn man nicht einmal Funkkontakt halten kann.«

»Hm«, machte Delware und rieb sich das Kinn. »Daran habe ich noch gar nicht gedacht, aber du dürftest recht haben. Manchmal bist du geradezu genial, Mädchen. Das bedeutet, daß uns noch eine Gnadenfrist bleibt.«

Dawleen wischte sich den Schweiß von der Stirn und strich ihre knapp fingerlangen schwarzen Haare nach hinten. Dann schirmte sie ihre Augen mit einer Hand gegen das grelle Sonnenlicht ab und starrte nach Osten.

»Mit etwas Glück können wir es sogar bis zum Gebirge

schaffen. Dort finden wir dann genügend Deckung, um uns bis morgen zu verbergen.«

Delware nickte.

»Auf jeden Fall haben wir keine Zeit zu verlieren. Also los! Wir nehmen an Ausrüstung nur mit, was unbedingt nötig ist.«

Er stieg in das Modul zurück. Bevor sie ihm folgte, warf Dawleen noch einmal einen Blick zum Himmel hinauf, an dem die Sonne unbarmherzig höher kletterte.

Synfile VI

Dawleen streckte den unverletzten rechten Arm aus, ergriff die Hand, die McKenna ihr reichte, und ließ sich von ihm auf den großen Felsbrocken hochziehen. Sie brachte kein Wort heraus, deshalb lächelte sie nur dankbar, blieb ein paar Sekunden lang bewegungslos neben McKenna liegen und rang nach Luft.

Sie hatten gut zwei Stunden gebraucht, um den Fuß des Gebirges zu erreichen. Dawleens Hoffnung hatte sich erfüllt und war sogar übertroffen worden, denn während der ganzen Zeit hatten sie keine Yoyodyne gesehen, und selbst jetzt, da sie bereits den Schutz der Berge erreicht hatten, war noch kein Nachforschungsteam beim Landemodul aufgetaucht. Anderenfalls wären sie mit Sicherheit verloren gewesen. Ihre Kräfte hätten nicht einmal mehr gereicht, sich gegen einen auch nur schwach bewaffneten Forschungstrupp zur Wehr zu setzen. Der Marsch durch die sonnendurchglühte Wüste hatte ihnen alles abverlangt.

Vor allem Dawleen hatte in ihrem ohnehin geschwächten Zustand unter den Strapazen zu leiden gehabt. Bei jedem Schritt sank sie bis zu den Knöcheln im staubfeinen Sand ein, so daß es ihr nach einiger Zeit vorkam, als würden unsichtbare Hände ihre Stiefel packen und festhalten.

Unbarmherzig brannte die Sonne vom Himmel herab,

und nicht der leiseste Windhauch war zu spüren, der die Hitze wenigstens ein klein wenig erträglicher gemacht hätte. Ein paarmal war Dawleen bereits sicher gewesen, keinen Schritt mehr weitergehen zu können, und nur der Anblick der allmählich immer näher und größer vor ihnen aufragenden Berge hatte ihr die Kraft verliehen, weiterhin schleppend einen Fuß vor den anderen zu setzen.

Das – und die Angst davor, was die Yoyodyne und ihre Humsz-Züchtungen mit ihnen tun würden, wenn sie ihnen in die Hände fallen sollten.

Allerdings war sie sich mittlerweile schon nicht mehr sicher, ob irgend etwas, was die Yoyodyne ihr antun könnten, schlimmer als die letzten zwei Stunden sein konnte. Der Tod wäre ihr wie eine Erlösung vorgekommen, und selbst eines der berüchtigten Gefangenenlager der Yoyodyne mußte sich gegenüber dem Marsch durch die sonnendurchglühte Hölle wie ein Feriencamp ausnehmen. Dennoch war es ihr irgendwie gelungen, sich immer weiter zu schleppen.

Der steile Geröllhang allerdings, die einzige passierbare Lücke zwischen den mehrfach mannshohen Felswänden, ging vollends über ihre Kräfte. Einmal war Dawleen bereits gestrauchelt und ein gutes Stück zurückgerutscht, wobei sie sich zahlreiche Prellungen und Abschürfungen zugezogen hatte. Auch diesmal hätte sie erneut den Halt verloren, wenn McKenna nicht gerade noch rechtzeitig zugegriffen und ihr geholfen hätte, und vor allem hätte sie es auf keinen Fall geschafft, sich aus eigener Kraft auf die Felsen am oberen Ende des Abhanges hinaufzuziehen.

Die grellweiße Sonne Gandamaks stand nahezu senkrecht über ihnen, und es gab nichts hier draußen, das irgendeinen Schatten geworfen hätte. Sie hatten ihre Panzerungen soweit möglich gelockert, um die Temperaturen besser ertragen zu können, aber auch das hatte nicht viel geholfen. Ihre einzige Hoffnung war, daß sie hier im Gebirge irgendwo auf eine kleine Höhle oder etwas Vergleichbares stießen, wo sie bis zum Abend Schutz fanden. Ansonsten würde die Hitze sie fertigmachen, lange bevor die Yoyos eine Gelegenheit dazu erhielten.

Dawleen überlegte, ob sie sich noch einen Schluck Wasser gönnen durfte. Ihre Lippen waren rissig und wie angestochene Kirschen aufgesprungen, ihr Mund ausgedörrt, und ihre Zunge fühlte sich wie ein pelziger Fremdkörper an. Ein einziger kleiner Schluck Wasser würde wunderbar sein.

Eigentlich handelte es sich nicht einmal um normales Wasser, sondern um eine fast geschmackslose Lösung voller Mineralien, Vitamine und Spurenelemente. Sie löschte den Durst gründlicher als jede andere Flüssigkeit und versorgte den Körper dabei mit allen nötigen Nährstoffen, aber gegen diese mörderische Hitze kam auch sie nicht an.

Bereits wenige Minuten nach Verlassen des Landemoduls hatte Dawleen Durst verspürt, und dieser hatte sich seither nicht mehr gelegt, obwohl sie bereits ein gutes Drittel ihres Vorrats an Flüssigkeit getrunken hatte.

Ein Drittel in nur zwei Stunden war entschieden zuviel; allein dieser Tag würde noch mindestens sieben Stunden dauern, und sie wußte nicht einmal, ob die Temperaturen in der Nacht nennenswert fielen. Sie würde sich jeden Tropfen sorgsam einteilen müssen. Zwar war schon für den nächsten Tag der Großangriff geplant, und sofern nicht etwas ganz und gar Unerwartetes bis dahin geschah, würden sie dann Kontakt mit den eigenen Truppen aufnehmen können, aber mindestens bis dahin mußte ihr Wasservorrat noch reichen. Ohne Flüssigkeit würde sie hier keinen halben Tag lang überleben, wahrscheinlich nicht einmal eine Stunde.

»Sie kommen!« teilte Sergeant Delware mit. Er hatte sich ein paar Schritte entfernt in eine schmale Nische zwischen zwei Felsen gezwängt und beobachtete das Landemodul durch sein Fernglas.

Sein leiser Ruf mobilisierte Dawleen und McKenna sofort. Dawleen schirmte ihre Augen mit der Hand ab und starrte ebenfalls in die Richtung, aus der sie gekommen waren. Selbst mit bloßen Augen konnte sie zwei dunkle Punkte erkennen, die sich dem Modul näherten. Ihrer Geschwindigkeit und niedrigen Höhe zufolge schien es sich um Luftkissenfahrzeuge zu handeln.

»Gleich zwei?« murmelte sie überrascht. »Erst lassen sie sich eine Ewigkeit Zeit, und dann schicken sie gleich zwei Maschinen. Verstehe einer die Yoyos.«

»Anscheinend kalkulieren sie mittlerweile ein, daß wir keine von ihnen sind, und da sie unsere Zahl nicht kennen, wollen sie wohl auf Nummer Sicher gehen.«

»Auf jeden Fall werden sie nicht lange brauchen, um unsere Spuren im Sand zu entdecken«, behauptete McKenna. »Wir sollten also so schnell wie möglich von hier verschwinden und versuchen, irgendwo ein Versteck zu finden, sonst war alles umsonst.«

Delware schüttelte den Kopf.

»Der Sand ist so fein, daß er sofort wieder in die Vertiefungen gerieselt ist und schon ein paar Minuten später nichts mehr zu sehen war. Spuren haben wir also keine hinterlassen, aber verschwinden sollten wir trotzdem. Es ist auch so nicht besonders schwer zu erraten, wohin wir gegangen sind.«

Dawleen wälzte sich herum und stemmte sich auf Hände und Knie hoch. Ganz aufzurichten wagte sie sich nicht. Auch die Yoyos besaßen Ferngläser, und sie wollte die Gefahr einer Entdeckung nicht unnötig vergrößern. Genau wie McKenna kroch sie zu Delware hinüber. Erst als sie sich im Sichtschutz eines Felsens befanden, standen sie auf.

Etwa eine Viertelstunde lang quälten sie sich über den unebenen, mit Geröll übersäten Boden und kletterten über größere Felsen, die ihnen den Weg versperrten, bis McKenna plötzlich stehenblieb.

»Was haltet ihr davon?« fragte er und deutete auf einige mannsgroße Felsbrocken vor einer fast senkrecht aufstrebenden Wand, die gut und gerne zehn, zwölf Meter hoch war.

Erst nachdem McKenna sie darauf aufmerksam gemacht hatte, entdeckte Dawleen das dunkle Loch hinter einem der Felsen. Sie war sich nicht eimal sicher, ob es sich tatsächlich um ein Loch handelte oder nur um den Schatten des Felsbrockens, aber sie erhob keinen Widerspruch, als Delware die Richtung änderte und direkt darauf zuging.

Erst als sie nur noch wenige Schritte davon entfernt waren, erkannte sie, daß der halb mannshohe Flecken Dunkelheit wirklich eine Öffnung im Fels darstellte, möglicherweise eine Höhle, wie sie sie gesucht hatten.

Delware ging davor in die Hocke, löste seine Taschenlampe vom Gürtel und leuchtete in das Loch hinein.

»Einfach perfekt«, stieß er hervor. »Ich hab' mich ja schon lange gefragt, wozu du eigentlich gut bist, Junge. Jetzt weiß ich es endlich.«

McKenna lächelte unsicher, schien sich nicht ganz darüber im klaren zu sein, ob die Bemerkung nun ein Lob oder einen Tadel darstellte. Sein Selbstbewußtsein war nicht besonders stark ausgeprägt; trotz intensiver Schulungen während der Ausbildung litt er oft unter Minderwertigkeitskomplexen und der Angst, bei einer wichtigen

Aufgabe zu versagen. Sein größtes Problem dabei war, daß gerade dieses schwache Selbstvertrauen immer wieder verhinderte, daß er sein Wissen und seine Fähigkeiten optimal nutzte.

»Denk nicht zuviel nach. Bringt sowieso nichts«, raunte Dawleen ihm scherzhaft zu und schlug ihm leicht mit der Hand auf die Schulter, ehe sie sich an ihm vorbeischob und hinter Delware durch das Loch kroch.

Es handelte sich um einen kleinen Stollen, durch den sie sich nur kriechend fortbewegen konnten, und selbst so war es mit der Panzerung noch schwierig genug. Dafür war der Stollen jedoch nicht besonders lang. Nach knapp zwei Metern endete er in einem gewaltigen, offenbar natürlich entstandenen Hohlraum. Dawleen stand auf und blickte sich gleichermaßen fasziniert wie neugierig um.

Die Decke wölbte sich gut sechs, sieben Meter über ihrem Kopf. Zwar war die Höhle nur wenige Meter breit, dafür aber sehr lang; selbst das vereinte Licht von Dawleens und Delwares Taschenlampen reichte nicht aus, das hintere Ende zu beleuchten. Vor allem war es kühl. Auch hier drinnen herrschten sicherlich noch beinahe dreißig Grad, doch nach der Gluthitze draußen in der Wüste fröstelte Dawleen beinahe schon.

»Phantastisch«, murmelte sie. »Hier läßt es sich bis morgen aushalten.«

»Und dann brauchen wir nur noch mit unseren Leuten Verbindung aufzunehmen und können auf die *Utah* zurück.« McKenna nickte zustimmend. »Die Leute werden Augen machen. Wahrscheinlich hält man uns längst für tot.«

»Viel hätte ja auch nicht gefehlt.« Delwares Stimme bebte vor mühsam unterdrücktem Zorn. »Außerdem sind wir auch jetzt noch längst nicht in Sicherheit.« Er schüttelte erbittert den Kopf. »Ich habe selten erlebt, daß Squads so verheizt worden sind. Das wird noch ein Nachspiel haben. Aber das macht auch niemanden mehr lebendig.«

»Fast hätte es geklappt«, erinnerte Dawleen ihn. Sie setzte sich auf den Steinboden und lehnte sich mit dem Rücken an eine Wand. »Wer hätte auch damit rechnen können, daß die Yoyos ihre Station so schnell aufgeben und selbst vernichten?«

»In einer vernünftigen Planung hätte man auch diese Möglichkeit stärker berücksichtigen müssen«, beharrte Delware. »Aber statt dessen haben wir es ja nur einem Zufall zu verdanken, daß wir drei überhaupt überlebt haben. Hättest du die Meldung von der aktivierten Selbstzerstörung nicht gehört, hätten wir ebenfalls den Löffel abgegeben.« Er schüttelte erbittert den Kopf. »Nein, so etwas darf einfach nicht passieren. Das alles war ein Schnellschuß, für den sich Macciano zu verantworten haben wird.«

McKenna und er setzten sich ebenfalls. Delware legte seine Taschenlampe auf den Boden, so daß ihr Schein auf die Wand gerichtet war, wo er einen hellen Kreis malte, der einen kleinen Teil der Höhle mit diffuser Helligkeit erfüllte.

Eine Weile herrschte Schweigen.

»Sollten wir nicht eine Wache aufstellen?« erkundigte sich McKenna schließlich. »Es macht mich nervös, daß da draußen Yoyos nach uns suchen und wir nicht wissen, wo sie sind. Falls sie die Höhle entdecken, sitzen wir in der Falle.«

Delware zuckte die Achseln.

»Und wenn, dann läßt sich auch nichts daran ändern. Ist außerdem ziemlich unwahrscheinlich. Eine Wache könnte sie höchstens auf unsere Spur bringen. Aber wenn du dich unbedingt nützlich machen willst, dann such doch mal ein bißchen Holz oder sonst etwas Brennbares, damit wir ein Feuer machen können. Ist recht kühl hier drin.«

Erst nachdem er bereits aufgesprungen war, wurde McKenna bewußt, daß er auf einen Scherz hereingefallen war.

»Sehr witzig«, brummte er. »Hoffentlich holt sich niemand Frostbeulen.« Ein paar Sekunden stand er zögernd herum, dann hakte er ebenfalls seine Taschenlampe vom Gürtel los. »Ich sehe mich mal ein bißchen in der Höhle um. Vielleicht gibt es hier irgendwo eine Quelle.«

»Meinetwegen«, stimmte Delware zu.

Dawleen schloß die Augen und genoß es, sich nach den Anstrengungen ausruhen zu können. Ihre Schulterwunde pochte leicht, machte ansonsten aber keine Schwierigkeiten, doch Dawleen machte sich keine Illusionen. Ihre Schmerzen wurden noch immer von Medikamenten unterdrückt. Die Regenerationsfolie verhinderte, daß sich die Verletzung entzündete, und regte das Gewebe zu schnellerer Heilung an, aber das alles waren nur provisorische Maßnahmen. Spätestens am nächsten Tag mußte sie in ärztliche Behandlung.

Ohne daß sie es merkte, sank ihr der Kopf auf die rechte Schulter, und wenige Sekunden später war sie eingeschlafen.

Sie schlief so lange, bis ein schriller Schrei sie plötzlich aufschrecken ließ.

Day-ho Tashagino musterte zufrieden die Daten, die ihm auf sein Display in dem kleinen Konferenzraum überspielt wurden, in dem er zusammen mit Waffenwart Kugami saß.

Die Nachricht vom Verlust der Orbitalstation hatte ihn hart getroffen, vor allem aufgrund der Konsequenzen, die sich fast zwangsläufig daraus ergaben. Daß Orbiter VII nicht dem Feind in die Hände, sondern rechtzeitig zerstört worden war, bildete nur einen schwachen Trost. Zudem war er mit Day-ho Nishigumo persönlich befreundet gewesen.

»Sie haben also nur einen einzigen Kreuzer geortet?« vergewisserte er sich.

Kugami nickte stummm.

»Dann dürften sich weitere Schiffe im Anflug auf Gandamak befinden. Aber bis sie hier eintreffen, bleibt uns noch eine Gnadenfrist, um unsere Verteidigung zu optimieren. Ich hoffe, daß uns die Technos unterschätzen.«

»Die Art, wie der Angriff auf Orbiter VII durchgeführt wurde, deutet auf eine schlechte Planung hin«, kommentierte Kugami.

»Dennoch wäre die Station um ein Haar erobert worden.«

»Ihr wißt, daß wir für einen Nahkampf innerhalb der Station schlecht ausgerüstet waren. Die angreifenden Squads hingegen schon. Außerdem wurden wir überrascht. Wäre der Einsatz präziser vorbereitet worden, wäre womöglich eine Sprengung der Station nicht mehr möglich gewesen. Unter Umständen wäre es nicht einmal gelungen, Euch vor dem bevorstehenden Angriff zu warnen.« Tashagino schwieg einige Sekunden lang.

»Nun, hier wird ein solcher Überraschungsschlag jedenfalls nicht gelingen«, sagte er dann optimistisch. »Wir haben berechnet, daß die Shuttles und Module sich vor der Landung beinahe zehn Minuten lang innerhalb der Reichweite unserer Werferbatterien befinden werden.«

»Dann dürfte es uns gelingen, einen Großteil der Angreifer bereits in der Luft zu vernichten.« Kugami nickte zufrieden. Er war von dem Gedanken an Rache für den Tod Day-ho Nishigumos und die schmachvolle Niederlage an Bord von Orbiter VII erfüllt.

»Die Überreste der Landungseinheiten werden sich dann unseren Bodentruppen gegenübersehen – immerhin drei Tankentais, gebildet aus Himmelsstürmern, Shigaru und Humsz.« Tashagino lächelte grimmig. »Das ist wesentlich mehr, als die Technos erwarten. Unsere Spionageabwehr hat schon vor geraumer Zeit falsche Daten verbreitet, und wir nehmen an, daß die Technos die fingierten Funksprüche abgefangen haben. Also werden sie von falschen Voraussetzungen ausgehen. Alles in allem können wir den bis dahin stark dezimierten Landungseinheiten also gut dreihundert gut ausgerüstete Soldaten entgegenstellen. Und wenn das nicht reichen sollte, haben wir noch ein paar Antigravplattformen in Reserve – kleine, schnelle Geräte, bestückt mit Geschützen und Zwillingskanonen. Wir –«

Er brach ab, als der Türsummer ertönte. Mit einem Knopfdruck ließ Tashagino das Schott aufgleiten. Ein junger Meldeoffizier trat sichtlich nervös in den Konferenzraum und verbeugte sich.

»Was gibt es?« erkundigte sich der Day-ho barsch.

»Verzeiht die Störung, Euer Lordschaft, aber ihr habt verlangt, sofort benachrichtigt zu werden, wenn etwas Außergewöhnliches passiert.«

»Hat etwa der Angriff der Technos auf unsere Bodenstation bereits begonnen?«

»Nein, Euer Lordschaft, es handelt sich um etwas anderes. Wir haben einen Funkspruch aufgefangen.«

»Ein Funkspruch? Wird der Funkverkehr nicht mehr länger gestört?«

»Doch, aber der Spruch stammt von einem sehr leistungsstarken Sender, der zudem in einem Umkreis von nicht einmal hundert Kilometern stationiert sein muß. Nur deshalb konnte der Spruch bis zu uns durchdringen. Zunächst dachten wir, er würde von den Erkundungstrupps stammen, die wir losgeschickt haben, um das so weit abseits gelandete Modul zu untersuchen, doch diese Vermutung erwies sich als falsch. Leider verhindern die Störimpulse, daß wir den Sender anpeilen können. Wahrscheinlich ist er aber ohnehin mobil.«

»Und was hat es nun mit diesem geheimnisvollen Funkspruch auf sich?«

»Er ist . . . wirklich *sehr* seltsam. Offenbar stammt er von dem gleichen Absender, der uns bereits vor dem Angriff auf Orbiter VII gewarnt hat.«

Tashagino spürte, wie sich sein Herzschlag rapide beschleunigte.

»Und was besagt der neue Spruch?«

»Man teilt uns mit, daß sich in dem abgestürzten Modul drei Wartechs befanden, die gelandet sind, um vor dem für morgen geplanten Großangriff einen wichtigen Sabotageschlag gegen unsere Einrichtungen zu führen. Momentan halten sie sich wohl in einer Art Höhle verborgen, um auf den richtigen Zeitpunkt für ihre Aktion zu warten. Der Funkspruch endet mit einer genauen Positionsbeschreibung dieser Höhle.«

Tashagino runzelte die Stirn. Was er gehört hatte, ergab noch weniger Sinn als die erste Warnung. Wer war der unbekannte Informant? Wer konnte ein Interesse daran haben, ihnen Informationen über eine gelandete Wartech-Squad zu liefern, einschließlich deren genauer Position?

Trotzdem durfte er den Funkspruch nicht einfach ignorieren. Die erste Nachricht hatte sich schließlich auch auf grausame Weise bewahrheitet. Zwar war die Warnung erst so spät erfolgt, daß eine Reaktion darauf nicht mehr möglich gewesen war, aber dennoch ... Und diesmal sah die Sachlage zudem anders aus.

»Soweit ich weiß, sind zwei Luftkissenfahrzeuge mit bewaffneten Einheiten zu dem Landemodul unterwegs«, sagte er bedächtig und blickte dabei Kugami an, der bestätigend nickte. »Da wir sie über Funk nicht erreichen, müssen wir sie anders benachrichtigen. Schicken Sie sofort einen Jäger hinterher, der die Informationen weitergibt. Sie sollen sich diese Höhle ansehen, in der sich angeblich die gelandeten Wartechs versteckt halten. Und falls sich die Hinweise bewahrheiten, dann sollen die Technos nach Möglichkeit lebend überwältigt werden. Ich möchte sie verhören. Sollte eine Gefangennahme jedoch nicht möglich sein, sind sie baldmöglichst zu exekutieren.«

Dawleen wußte nicht, wie lange sie geschlafen hatte, aber sie vermutete, daß es sich höchstens um ein paar Minuten gehandelt haben konnte. Entsprechend benommen war sie, als sie hochschreckte, doch ihre Reflexe funktionierten hervorragend. Obwohl sie nicht einmal sicher war, daß sie tatsächlich einen Schrei gehört hatte, registrierte sie instinktiv eine potentielle Gefahrensituation.

Sie war halb in die Höhe gefahren, warf sich nun aber sofort wieder flach zu Boden. Die hastige Bewegung ließ einen stechenden Schmerz durch ihre verletzte Schulter zucken, doch Dawleen biß die Zähne zusammen und zog gleichzeitig ihren Laser. Erst dann nahm sie sich die Zeit, ihre Umgebung genauer zu betrachten.

Der erste, den sie sah, war Sergeant Delware, der nur wenige Schritte von ihr entfernt stand. Auch er hatte seinen Laser ergriffen und außerdem seine Taschenlampe aufgehoben, doch auf seinem Gesicht lag ein spöttischer Ausdruck, als er zu ihr herüberblickte.

»Bravo, Jones. Genau wie in der Ausbildung. Du bist und bleibst eine Musterschülerin.«

Dawleen stand auf und blickte sich weiterhin mißtrauisch um, doch es war keinerlei direkte Gefahr zu entdecken.

»Was ist passiert?«

Das Grinsen verschwand von Delwares Gesicht.

»McKenna«, stieß er hervor. »Er wollte sich die Höhle ansehen, dann hat er plötzlich geschrien.«

Beruhigt registrierte Dawleen, daß sie sich den Schrei also nicht nur eingebildet hatte. Bei den ziemlich wilden Alpträumen, die sie in letzter Zeit hatte, wäre dies gut möglich gewesen, und gerade bei Fieberanfällen wäre sie vielleicht gar nicht mehr richtig in der Lage gewesen, zwischen Traum und Wirklichkeit zu unterscheiden. Aber daß McKenna tatsächlich geschrien hatte, machte die Situation natürlich nicht angenehmer.

Ein weiterer Schrei ertönte aus der Tiefe der Höhle und ermahnte sie zur Eile. Dawleen hakte ihre Taschenlampe vom Gürtel, dann stürmte sie zusammen mit Delware los.

Die Höhle erwies sich als sehr viel größer, als Darleen ursprünglich geglaubt hatte. Sie hatten bereits annähernd hundert Meter zurückgelegt, und immer noch reichten die starken Lichtkegel der Taschenlampen nicht aus, um das jenseitige Ende zu erleuchten. Dafür entdeckte Dawleen irgendwo weit vor sich in der Dunkelheit den Widerschein von rötlichem Licht, das stroboskopartig aufblitzte.

Laserfeuer.

Sie rannte noch schneller und registrierte nur am Rande, daß die Höhle zwar ungeheuer lang war, dabei jedoch beständig schmaler wurde, bis sie schließlich nur noch wenige Meter maß. Immer noch war kein Ende zu sehen, nur der Widerschein von McKennas Laserfeuer. Schließlich erkannte Dawleen auch, warum das so war. Die Höhle, die zu einem nur mehr wenige Meter breiten Gang geworden war, beschrieb einen fast rechtwinkligen Knick.

Ein Strahl aus düster glosender Energie verfehlte Dawleen nur um Haaresbreite, als sie um die Biegung hastete. Eine Woge greller Hitze strich an ihr vorbei. Sie blieb stehen und preßte sich an die Wand, obwohl ihr diese auch keinen Schutz bot. Mit einer schnellen Handbewegung hielt sie Delware zurück. Sie spürte Schrecken darüber, wie knapp der Laserstrahl sie verfehlt hatte, aber dann erkannte sie, daß der Strahl nicht von feindlichem Beschuß herrührte, sondern ein Fehlschuß von McKenna selbst gewesen war.

McKenna befand sich kaum zwei Dutzend Meter vor ihr. Seine Taschenlampe war ihm entglitten und zu Boden gefallen, brannte jedoch weiter, und ihr von den Wänden reflektiertes Licht beleuchtete nur schwach was geschah. Der junge Kadett kämpfte gegen etwas, das Dawleen selbst dann noch nicht richtig zu erkennen vermochte, als sie den Lichtkegel ihrer eigenen Taschenlampe direkt darauf richtete. Alles, was sie sah, war ein Eindruck von Schwärze, ein gewaltiger, gut mannshoher Körper, zwei- oder dreimal so breit wie hoch. Vage erinnerte er Dawleen an einen Käfer, der allerdings mit gut zwei Dutzend seitlich aus ihm herauswachsenden Armen und Beinen bewehrt war.

Oder eher noch an . . .

»Eine Wüstenspinne!« stieß Delware entsetzt hervor.

»Unmöglich«, behauptete Dawleen, obwohl es genau das war, woran sie selbst gerade hatte denken müssen: eine unbehaarte Spinne von einer Schwärze, die jedes

Licht aufzusaugen schien, fast wie schwarzer Chrom. »Viel zu groß.«

Aber was es auch war, es setzte McKenna ordentlich zu. Es hatte sich vor ihn geschoben und versperrte ihm so den Fluchtweg, und als Dawleen den Strahl ihrer Taschenlampe ein wenig wandern ließ, erkannte sie, daß der Höhlenboden hinter McKenna mit Wasser bedeckt war, in das er immer tiefer hineingedrängt zu werden drohte. Es reichte ihm bereits bis zu den Knien.

Nein, korrigierte Dawleen ihren Eindruck gleich darauf. McKenna war nicht ins Wasser gedrängt worden, sondern hatte sich dorthin geflüchtet. Die Riesenspinne schien sich davor zu fürchten, denn sie verfolgte ihn nicht; statt dessen glitt sie nur am Rande des Tümpels, der die Höhle in voller Breite einnahm, hin und her und schlug mit ihren vorderen Armen immer wieder in McKennas Richtung. Selbst wenn das Wasser ihm vor übergehend Sicherheit zu bieten schien, so saß er doch in der Falle.

Dawleen zielte mit ihrem Laser auf ein Ende, das sie für den Kopf des scheinbar aus gestaltgewordener Finsternis bestehenden Monstrums hielt, und drückte ab. Der rötliche Energiefinger stach nach dem Schädel des Untiers, traf haargenau das von ihr anvisierte Ziel – und glitt wirkungslos von dem Panzer der Bestie ab. Dabei verfehlte er McKenna um kaum eine halbe Armlänge. Hastig nahm Dawleen den Finger vom Auslöser, als sie begriff, daß sie diesmal umgekehrt fast McKenna getötet hätte.

Der Schädel des Spinnenmonstrums ruckte herum und richtete sich auf Dawleen. Dabei stieß es ein halb rasselndes, halb fauchendes Geräusch aus. Inmitten der Schwärze entdeckte sie im Lichtschein der Lampe ein Paar funkelnder Insektenaugen, und Dawleen hatte das unangenehme Gefühl, daß der Blick der Kreatur sich geradewegs in ihr Inneres bohrte und sie lähmte.

»Nicht schießen!« brüllte McKenna. »Die Laserstrahlen sind ihm unangenehm und schrecken es ab, aber sie können es nicht verletzen. Ihr trefft höchstens mich.«

»Dann duck dich!« rief Delware zurück. »Wir versuchen es mit gemeinsamem, mehrsekündigem Dauerfeuer auf die gleiche Stelle. Dem dürfte auch dieses Monstrum nicht gewachsen sein. Paß auf jetzt!«

Delware zielt auf das Mittelteil des Ungeheuers und drückte ab. Auch sein Laserstrahl wurde wirkungslos reflektiert, doch kaum hatte Dawleen sein Ziel erfaßt, feuerte sie ebenfalls. Die beiden Laserstrahlen vereinigten sich in einem gemeinsamen Zielpunkt. Unvorstellbare Energien wurden frei und entluden sich an diesem einen Punkt in einem glosenden Inferno.

»Aufhören!« schrie McKenna. »Sofort aufhören!«

Die abgelenkten Laserstrahlen trafen die Decke über ihm, und sie besaßen immer noch genügend Energie, um den Fels zum Schmelzen zu bringen. Glühende Lava tropfte bedrohlich nah bei McKenna ins Wasser.

Dawleen und Delware stellten fast augenblicklich den Beschuß ein, zumal dieser ganz offensichtlich keinerlei Erfolg hatte, sondern nur McKenna gefährdete. Selbst nach mehreren Sekunden Dauerfeuer hielt der Körperpanzer der Spinne der Höllenglut stand. Dawleen verschwendete einen knappen Gedanken daran, was für eine Revolution auf kriegstechnischem Gebiet es bedeuten würde, wenn man aus dem Material des Spinnenpanzers menschliche Schutzkleidung herstellen könnte.

Ganz wirkungslos jedoch war der Beschuß an dem Spinnenmonstrum nicht vorübergegangen, auch wenn die Reaktion erst mit mehrsekündiger Verspätung erfolgte und dann so plötzlich, daß Dawleen und Delware davon völlig überrascht wurden. Das Ungeheuer bäumte sich mit einem Mal auf und stieß einen schrillen, dicht an der Grenze zum Ultraschall angesiedelten Schrei aus, der in den Ohren schmerzte.

»Es wirkt doch!« rief Delware triumphierend. »Los, gleich noch einmal! Heizen wir dem verdammten Vieh mal ordentlich ein!«

Er hob seinen Laser erneut und zielte, kam jedoch nicht mehr zum Abdrücken. Das Laserfeuer wurde zwar zum größten Teil von der Panzerung des Spinnenmonstrums reflektiert, aber nicht völlig. Das Wenige an Energie, das den Schutz durchdrang, vermochte die Kreatur nicht zu verletzen, aber es fügte ihr Schmerzen zu und machte sie offenbar erst richtig wütend. Mit einer Geschwindigkeit, die einem Wesen seiner Größe kaum zuzutrauen war, fuhr das Ungetüm plötzlich herum und stürmte ihnen auf wild wirbelnden Beinen wie ein riesiger Ball aus gestaltgewordener Schwärze entgegen. Es war kein Unterschied zwischen Armen und Beinen zu erkennen, wahrscheinlich diente jede seiner zahlreichen Gliedmaßen beiden Zwecken, was ihm nicht nur eine ungeheure Geschwindigkeit verlieh, sondern seine Art der Fortbewegung auch besonders unheimlich erscheinen ließ.

Vor Schreck wich Delware einen Schritt zurück, stolperte und stürzte rücklings zu Boden. Dawleen hingegen richtete ihren Laser instinktiv auf die heranstürmende Kreatur und drückte ab, was wahrscheinlich so ziemlich das Falscheste war, was sie im Moment tun konnte. Der Energiestrahl vermochte dem Ungeheuer auch diesmal nichts anzuhaben, sondern prallte nur von den schwarzen Panzerschuppen ab, aber er lenkte die Aufmerksamkeit und Wut des Ungeheuers auf Dawleen. Und das Monster war so schnell, daß ihr kaum Zeit zum

Reagieren blieb. Erst im buchstäblich letzten Moment gelang es ihr, sich zur Seite zu werfen und dem heranstürmenden Monstrum auszuweichen. Sie wälzte sich herum, kam in die Hocke hoch und machte einen weiteren Satz zur Seite. Dort, wo sie gerade noch gelegen hatte, peitschten die Arme der Kreatur auf den Boden und rissen Gesteinssplitter heraus.

Ein greller Laserstrahl blitzte auf. Der selbst aus unmittelbarer Nähe offenbar nur aus Schwärze bestehende Kopf der Spinne ruckte zu Delware herum; der Blick schwenkte zwischen ihm und Dawleen hin und her. Anscheinend konnte sich die Kreatur nicht entscheiden, ob sie sich erst um den lästigen Störenfried oder das fast sichere Opfer kümmern sollte. Für einen Moment war sie abgelenkt, und diese Zeit reichte Dawleen, um wieder auf die Beine zu kommen.

Im gleichen Moment stieß die Spinne ein wütendes Zischeln aus und griff erneut an.

Der einzige Fluchtweg, der Dawleen blieb, war in Richtung McKennas und des Sees, aber es waren mehr als fünfzehn Meter bis dorthin, und sie wußte, daß sie es nicht schaffen würde. Nicht bei der Schnelligkeit, mit der sich das auf den ersten Blick so träge und schwerfällig erscheinende Monstrum bewegen konnte.

Sie behielt recht.

Dawleen rannte, so schnell sie konnte, doch sie hatte kaum die halbe Distanz hinter sich gebracht, als das Ungeheuer sie einholte. Ein harter Schlag traf sie zwischen die Schulterblätter. Sie hatte das Gefühl, als hätte ihr jemand eine Axt in den Rücken gerammt. Sie konnte deutlich spüren, wie ihre unter der Regenerierungsfolie bereits wieder einigermaßen verheilte Wunde neu aufbrach, und keuchte vor Schmerz.

Der Hieb ließ sie nach vorne taumeln. Ein zweiter

Schlag traf ihre Beine und ließ sie vollends stürzen. Der Laser entglitt ihrer Hand. Weitere mörderische Hiebe prasselten auf sie herab, und Dawleen war bereits überzeugt, daß es um sie geschehen wäre, doch seine eigene Schnelligkeit wurde dem Spinnenwesen zum Verhängnis. Es konnte nicht schnell genug stoppen und rannte mehrere Meter weit an ihr vorbei, bevor es ihm endlich gelang, anzuhalten.

Die Galgenfrist reichte Dawleen, um sich trotz ihrer Schmerzen wieder auf die Beine zu quälen und weiterzuhasten. Nur noch wenige Schritte trennten sie vom Ufer des Sees, wo sie zwar genau wie McKenna gefangen, aber zumindest vorläufig in Sicherheit wäre.

McKenna hob seine Waffe, konnte jedoch nicht schießen, weil sie das Ziel verdeckte. Dafür hörte sie, wie Delware hinter ihr noch einmal mit seinem Laser auf das Ungeheuer feuerte, doch diesmal ließ es sich nicht mehr ablenken. Es schlug ein weiteres Mal nach ihr und traf ihren Rücken, als sie kaum noch einen Meter vom Rand des Sees entfernt war.

Wieder wurde Dawleen nach vorne geschleudert, und diesmal stürzte sie direkt ins Wasser. Es war so eiskalt, daß es sie regelrecht lähmte. Sie hatte das Gefühl, ein stählerner Ring schlösse sich um ihre Brust und würde ihr die Luft aus den Lungen pressen. Sie tauchte mit dem Gesicht unter und schluckte Wasser, als sie vergebens Atem zu schöpfen versuchte, schlug blindlings um sich.

Jemand packte sie an den Haaren und riß sie grob in die Höhe. Dawleen konnte wieder atmen. Sie schnappte keuchend nach Luft, würgte und spuckte Wasser.

»Komm weiter!« brüllte McKenna. Er packte sie unter den Armen, versuchte sie tiefer ins Wasser zu ziehen. Dawleens Blick fiel auf das Spinnenmonstrum, das kaum einen halben Meter hinter ihr am Ufer verharrte. Der

Anblick reichte Dawleen, um aus eigener Kraft ein paar Schritte weiter ins Wasser zu waten. McKenna stützte sie, bis sie sich nach einigen Sekunden aus seinem Griff löste.

»Schon gut«, murmelte sie. »Ich habe nur ein bißchen Wasser geschluckt, alles in Ordnung.«

»Und hast ein paar ordentliche Schläge abbekommen«, ergänzte McKenna. »Das Biest haut verdammt hart zu. Habe ich schließlich am eigenen Leib erfahren.«

»Was mußtest du auch hier hinten rumrennen, statt im vorderen Teil der Höhle bei uns zu bleiben?«

Dawleen starrte ihn einige Sekunden lang feindselig an, doch es war ein Zorn, der in erster Linie ihr selbst galt. Delware und sie waren gekommen, um McKenna zu helfen, statt dessen steckte sie nun mit ihm zusammen in der gleichen Falle.

»Wenn ich mich hier nicht umgesehen hätte, hätte sich das Biest wahrscheinlich unbemerkt an uns herangeschlichen, und dann wären wir erst recht geliefert gewesen«, maulte McKenna. »Statt mir wie üblich an allem die Schuld zuzuschieben, sollten wir lieber überlegen, wie wir von hier wegkommen.«

»Und was jetzt?« rief Delware ihnen zu.

Obwohl er sich als einziger in erreichbarer Nähe befand, verzichtete die Kreatur darauf, sich auf ihn zu stürzen, und glitt statt dessen wie zuvor langsam am Rande des Wassers auf und ab. Solange man ihr keine direkten Schmerzen bereitete, war sie offenbar ausschließlich auf ihr jeweils nächstbefindliches Opfer fixiert.

»Wenn sie auch noch rüberkommen, Sergeant, können wir Skat spielen. Ist zwar etwas feucht hier, aber ansonsten ganz nett«, brummte McKenna und erntete dafür einen weiteren zornigen Blick von Dawleen.

»Scheint ja ganz so, als würde es dir hier gefallen«,

stieß sie hervor. »Hättest du das etwas früher gesagt, hätten wir dein Plauderstündchen mit dem netten Tierchen gar nicht erst gestört.«

McKenna schnitt eine Grimasse.

»Auch kein sinnvollerer Kommentar«, sagte er verdrossen.

»Wie wäre es, wenn wir versuchen, die Augen mit dem Laser zu treffen?«

»Nutzt nichts.« McKenna schüttelte resigniert den Kopf. »Habe ich schon versucht, aber sie reflektieren das Licht genauso wie der übrige Körper. Und um sie längere Zeit unter Feuer zu halten, ist das Ziel zu klein.«

Dawleen bedauerte, daß sie genau wie Delware und McKenna nur den Handlaser mitgenommen hatte, aber normalerweise war es die wirksamste Waffe, vor allem im Nahkampf innerhalb geschlossener Räume. Schließlich waren sie ja nur aufgebrochen, um Orbiter VII zu erobern, und hatten nicht ahnen können, daß es sie nach Gandamak verschlagen würde. Trotzdem wünschte sie jetzt, sie hätte sich zusätzlich mit irgendeiner Projektilwaffe ausgerüstet, einem Nadler oder auch nur einer einfachen Pistole.

Gegen Laserfeuer war das Spinnenmonstrum offenbar immun, doch einigen wohlgezielten Schüssen aus einer Projektilwaffe auf die Augen würde auch dieses Ungeheuer nichts entgegenzusetzen haben.

Aber zur Zeit hatte sie überhaupt keine Schußwaffe, und es war müßig, verpaßten Gelegenheiten hinterherzutrauern.

»Wo ist das Mistvieh überhaupt hergekommen, oder hat es einfach nur hier am Wasser gewartet? Hier dürfte es nicht besonders viel Beute finden.«

»Da vorne ist eine zweite Höhle.« McKenna deutete auf ein Loch in der Seitenwand, das Dawleen trotz seiner

Größe bislang entgangen war. Sie hatte genug damit zu tun gehabt, auf das Spinnenmonster zu achten.

»Als ich in den Durchgang gespäht habe«, fuhr McKenna fort, »kam das Biest urplötzlich hervorgeschossen und hat mich glatt überrannt. Vor Schreck bin ich dann auch noch in die falsche Richtung gelaufen, und mit einem Mal stand ich hier im See. War aber wohl Glück im Unglück, da das Vieh sich vor dem Wasser zu fürchten scheint. Wäre ich in die andere Richtung gerannt, hätte es mich mit Sicherheit nach ein paar Schritten eingeholt.«

Dawleen nickte und blickte sich um. Neben ihrem Laser hatte sie auch ihre Taschenlampe verloren, und alles, was weiter als zwei, drei Schritte hinter ihnen lag, verlor sich in der Dunkelheit.

»Was ist da hinten?« wollte sie wissen.

»Nichts mehr«, behauptete McKenna. »Habe ich schon ausprobiert. Das Wasser reicht mir an der tiefsten Stelle gerade mal bis zur Brust und endet nach knapp zehn Metern direkt an einer Felswand. Kein weiterer Ausgang.«

»Ich werde noch mal auf das Biest schießen«, rief Delware und hob seinen Laser. »Wenn es mich dann angreift, ist der Weg für euch frei. Also haltet euch bereit, um euer Leben zu laufen.«

»Warten Sie, Sergeant!« rief Dawleen hastig. »Das hätte doch keinen Sinn. Das Vieh ist so schnell, daß es bei Ihnen wäre, noch bevor wir aus dem Wasser herauskämen. Dann hätten wir es immer noch zwischen uns und dem Ausgang, und es wäre nichts gewonnen. Sie würden sich völlig umsonst opfern.«

»Hat denn vielleicht jemand eine bessere Idee?«

»Beide kommen wir hier wahrscheinlich sowieso nicht mehr raus«, behauptete McKenna. »Wie wäre es, wenn wir uns trennen und gleichzeitig auf verschiedenen Seiten loslaufen? Das Vieh kann sich nur auf einen von uns stürzen. Der andere hätte gute Chancen, durchzukommen.«

Dawleen überlegte einen Moment, dann schüttelte sie den Kopf. Im Grunde hatte McKenna recht. Sein Vorschlag bot eine gute Chance, daß wenigstens einer von ihnen aus dieser Falle entkam, aber einer von ihnen würde dabei zwangsläufig auch auf der Strecke bleiben, und damit wollte sie sich nicht so einfach abfinden. Das durfte erst der allerletzte Ausweg sein.

Es mußte noch eine andere Möglichkeit geben!

Was aber konnten sie gegen einen Gegner unternehmen, der gegen ihre Waffen immun zu sein schien und gleichzeitig zu schnell war, als daß sie vor ihm weglaufen konnten? Auch konnten sie nicht einfach abwarten, da die Zeit gegen sie arbeitete. Das offenbar aus einer unterirdischen Quelle stammende Wasser war eisig. Dawleen spürte, wie die Kälte in ihre Beine kroch, sich immer weiter in ihrem Körper ausbreitete und sie zu lähmen begann. Lange würde sie nicht mehr im See bleiben können.

»Wir müssen tatsächlich gleichzeitig handeln«, stieß sie schließlich hervor. »Aber es hat keinen Sinn, zugleich wegzulaufen. Statt dessen müssen wir das Biest gemeinsam angreifen.«

»Was?« McKenna starrte sie an, als ob sie nun vollkommen den Verstand verloren hätte. »Angreifen. Wir haben keine Chance gegen –«

»Doch, die haben wir«, fiel Dawleen ihm ins Wort. »Denk mal an unsere Ausbildung zurück, das Extremtraining gegen die Drohnen auf Stufe fünf. Sieht man mal von unserem ersten heimlichen Versuch ab, sind wir da doch auf genau so eine Situation gedrillt worden. Wir konnten nicht weg, und wir konnten uns im offenen

Kampf nicht gegen die Droiden behaupten, weil sie uns auf Distanz hielten. Was also macht man in so einer Situation?«

»So nah wie möglich ran an den Feind, die Waffen unterlaufen und aus unmittelbarer Nähe nach einem schwachen Punkt suchen«, antwortete McKenna fast automatisch. »Aber das ist nur *Theorie*. In der Praxis wird uns das Biest umbringen, bevor wir es auch nur erreichen, so schnell, wie es ist.«

»Deshalb müssen wir es von zwei Seiten gleichzeitig angreifen«, beharrte Dawleen. »Wenn wir an seinen Armen und Beinen vorbeikommen und seinen eigentlichen Leib erreichen, haben wir eine wesentliche größere Chance, das Vieh zu besiegen. Es reicht ja schon, wenn wir es so schwächen, daß es uns nicht mehr so schnell verfolgen kann.«

»Jones, McKenna, euch bleibt nur eine Chance!« rief Delware ihnen zu. »Denkt daran, was ich euch während eurer Ausbildung beigebracht habe. Extremtraining. Ihr müßt das Spinnenvieh selbst angreifen, nur dann könnt ihr –«

»Genau das haben wir gerade vor«, unterbrach ihn Dawleen. Sie rang sich ein Grinsen ab und wandte sich wieder an McKenna. »Also, wie sieht es aus?«

»Mir bleibt wohl nichts anderes übrig.«

»Also gut, paß auf. Ich versuche es auf der linken, du auf der rechten Seite. Soweit ich feststellen konnte, schlägt das Biest immer nur mit einem seiner Arme zu, nicht mit mehreren gleichzeitig. Wenn es uns gelingt, dem ersten Hieb auszuweichen, kommen wir an seinen Körper ran. Dann sehen wir weiter. Alles klar?«

»Klar.«

»Dann geh so weit wie möglich nach rechts rüber«, befahl Dawleen und bewegte sich selbst nach links. »Wir rennen in einem Bogen auf das Vieh zu, dann kann es sich nur einem von uns zuwenden. Ich gebe das Zeichen.«

Deutliche Unruhe befiel das Spinnenungeheuer, als es sah, wie seine beiden potentiellen Opfer sich trennten und bei jedem Schritt weiter auseinanderbewegten. Es stieß ein bedrohlich klingendes Zischeln aus. Sein Kopf schwenkte von einer Seite zur anderen, es ließ seinen Blick zwischen ihnen hin und her schweifen. Von merklicher Nervosität erfaßt, hastete es am Rande des Wassers entlang, um jeweils nach ein paar Metern wieder umzukehren und in die andere Richtung zu laufen.

»Jetzt!« rief Dawleen, als sich das Monstrum genau zwischen ihnen befand, und stürmte im gleichen Moment los.

Auf den ersten Metern behinderte das Wasser ihre Schritte noch, dann hatte sie das Ufer erreicht und rannte seitlich auf das Ungeheuer zu, während sich McKenna gleichzeitig von der anderen Seite näherte.

Das Zischeln und Fauchen der Kreatur wurde lauter und aggressiver, ihre Bewegungen hektischer. Sie wandte sich Dawleen zu, fuhr dann aber ohne ersichtlichen Grund plötzlich herum und stellte sich McKenna in den Weg. Zwar schlug eine ihrer Gliedmaßen noch nach Dawleen, doch der Hieb war so ungezielt, daß es ihr keine Schwierigkeit bereitete, ihm auszuweichen.

Dicht über dem Boden hechtete Dawleen vor, rollte sich über die unverletzte rechte Schulter ab, und kam unmittelbar neben der Kreatur wieder hoch; so dicht, daß ihre Schulter am Panzer des Spinnenmonstrums entlangscheuerte und sie sich den Kopf schmerzhaft an einem der anderen Beine stieß. Trotzdem klammerte sie sich instinktiv daran fest, da ihr der Körperpanzer nur wenig Halt bot. Sie zog sich an dem Bein in die Höhe, bis sie die Stelle erreichte, wo es aus dem Leib wuchs. Hier war es weniger beweglich, so daß es ihr leichter fiel, sich festzuhalten.

McKenna hatte weniger Glück als sie gehabt. Zwar gelang es ihm, dem Bein auszuweichen, mit dem die Bestie nach ihm schlug, aber er schaffte es nicht, an den eigentlichen Spinnenkörper heranzukommen.

Das Ungeheuer bäumte sich auf, so daß es nur noch auf einigen seiner Hinterbeine stand, und schüttelte sich wild, als es das Gewicht Dawleens spürte, doch sie klammerte sich mit beiden Armen verbissen an dem Bein fest.

McKenna nutzte die Gelegenheit zu einem zweiten Angriff. Das Spinnenmonstrum war abgelenkt und bemerkte erst zu spät, daß von der anderen Seite auch noch Gefahr drohte. Geschmeidig wich McKenna einem Hieb aus und sprang vor. Um ein Haar hätte er es geschafft, doch im letzten Moment traf ihn der Schlag eines weiteren Beines an der Hüfte, wirbelte ihn herum und ließ ihn erneut zu Boden stürzen.

Dawleen beobachtete nicht länger, was mit ihm geschah. Sie konnte nicht tatenlos warten, bis es auch ihm endlich gelang, den Rücken des Ungeheuers zu erreichen. Er hatte es abgelenkt, so daß sie fast problemlos herangekommen war, alles weitere lag nun bei ihr. Sie griff nach dem Vibratormesser, das ein Stück hinter der Magnethalterung für den verlorenen Laser an ihrem Gürtel befestigt war, und zog es. Auf einen Knopfdruck hin begannen die beiden aufeinander liegenden Schneiden rasend schnell gegeneinander versetzt zu vibrieren.

Mit aller Wucht rammte Dawleen das Messer in die Flanke der Spinnenbestie. Es bestand aus speziell gehärteten monomolekularen Klingen, die nahezu jegliches Material zu durchdringen vermochten. Selbst Plast-Panzerungen boten dagegen nur einen bedingten Schutz.

Das schien allerdings für die Panzerung des Ungeheuers nicht zuzutreffen! Fast wirkungslos glitten die Schneiden an den schwarzen, chitinartigen Panzerplatten ab, die den Körper der Spinne bedeckten, hinterließen lediglich eine kaum sichtbare Kerbe, doch dafür hätte der Ruck Dawleen fast ihres Haltes beraubt. Der Rückstoß fuhr durch ihren Arm, daß sie das Messer nur noch mit Mühe festhalten konnte.

Dawleen fluchte unterdrückt. Von ihrer Position aus hatte sie keine Chance, die Augen des Ungeheuers zu erreichen, die mit Sicherheit am verletzlichsten waren, doch irgendwie mußte ihm auch anders beizukommen sein. Sie betrachtete die Panzerung genauer. Die einzelnen Segmente waren knapp handgroß und überlappten sich schuppenartig.

Obwohl es bei dem wilden Aufbäumen und Herumtoben der Kreatur fast unmöglich war, exakte Bewegungen auszuführen, gelang es Dawleen, die Spitze des Messers ein winziges Stück zwischen zwei einander überlappende Schuppen zu pressen. Kraftvoll schlug sie mit der Faust auf den Griff des Messers und trieb die Spitze gut einen halben Zentimeter tiefer. Sie benutzte die Waffe als Hebel und stemmte sich auf den Griff.

Die Schuppe brach ab.

Wieder hätte Dawleen fast den Halt verloren, als sich das Hornsegment löste – und das sehr viel leichter, als sie erwartet hatte. Ein mehrere Zentimeter großes Stück freiliegendes rohes Fleisch kam darunter zum Vorschein, nur von einer fast unsichtbaren und angesichts der massiven Außenhülle sicherlich nicht besonders widerstandsfähigen Membrane bedeckt. Dawleen nahm sich sofort das nächste Hornsegment vor. Nachdem sie nun einmal einen Punkt hatte, an dem sie das Messer ansetzen konnte, war es geradezu ein Kinderspiel, die Schuppen loszubrechen.

Nachdem sie auf diese Art eine ausreichend große Öffnung geschaffen hatte, stieß sie das Messer wuchtig in das darunter liegende Fleisch hinein. Mühelos schnitt die Vibratorklinge durch die Sehnen. Ein Strahl dickflüssiges, fast schwarzes Blut schoß aus der Wunde.

Wieder bäumte sich das Monstrum auf und stieß ein lautes Fauchen aus. Offenbar empfand es heftigen Schmerz. Wenigstens achtete es vorübergehend nicht mehr auf McKenna, der die Gelegenheit nutzte, sich ein Stück neben Dawleen an eines der Beine zu klammern und daran hochzuklettern, bis er sich auf gleicher Höhe mit ihr befand und ebenfalls einigermaßen sicheren Halt hatte. Keuchend klammerte er sich fest.

»Wurde aber auch allmählich Zeit«, spöttelte Dawleen. Sie schaltete das Messer aus und wischte die Klinge an ihrer Uniformhose sauber. »Du scheinst etwas aus der Übung zu sein.«

McKenna schnaubte.

»Nachdem ich mich von dem Biest habe halbtot schlagen lassen, hängen wir jetzt hier. Und was nun? Ich kann nicht sagen, daß sich unsere Situation sonderlich verbessert hat.«

»Red nicht soviel, sondern gib mir lieber deinen Laser.«

»Glaubst du, aus der Nähe wirkt er besser als aus ein paar Schritten Entfernung?« fragte McKenna säuerlich, reichte ihr die Waffe jedoch.

Dawleen hielt die Mündung an das in die Schuppenpanzerung gebrochene Loch und drückte auf den Auslöser. Sie gab einen mehrsekündigen Feuerstoß ab, wobei sie den Laser im Kreis schwenkte, um eine möglichst große Wirkung zu erzielen.

Das Fauchen des Ungeheuers steigerte sich zu einem gepeinigten Kreischen. Noch einmal bäumte es sich auf, versuchte sich sogar auf die Seite zu wälzen, um sie zu zerquetschen, schaffte es jedoch nicht. Zuckend brach es zusammen. Dawleen gab zur Sicherheit noch einen weiteren Laserstoß direkt in den Leib des Monstrums ab. Nach einem letzten Zittern blieb es regungslos liegen.

Trotzdem wartete Dawleen noch einige Sekunden, ehe sie es wagte, ihren Halt loszulassen. Kaum hatte sie wieder fest Boden unter den Füßen, wich sie vorsichtig sofort einige Schritte zurück. Sie war sich zwar ziemlich sicher, daß das Spinnenmonstrum tot war, wußte es aber nicht genau und wollte kein unnötiges Risiko eingehen.

McKenna folgte ihr und starrte sie verblüfft an.

»Wie hast du denn das gemacht?«

»Ganz einfach«, behauptete Dawleen. Die Erleichterung über ihren Sieg machte sie euphorisch. »Wenn man mit seinen Waffen durch die Panzerung eines Feindes nicht durchkommt, muß man ihm diese Panzerung eben abnehmen. Danach geht alles sehr viel leichter.« Sie bückte sich nach einer der losgebrochenen Hornschuppen und zeigte sie ihm triumphierend, dann steckte sie die Schuppe in eine Tasche ihrer Uniform. »Die behalte ich als Andenken.«

»Saubere Leistung«, lobte Delware, kam allerdings nicht zu ihnen herüber, sondern blieb am Durchgang zu der Nebenhöhle stehen, aus der das Spinnenwesen nach McKennas Aussage gekommen war. »Kommt mal her und seht euch das an.« Dawleen hob ihre Taschenlampe und den Laser auf, während sie zusammen mit McKenna zu Delware hin-überging, und spähte in den Durchgang. Zahlreiche weißliche Fäden waren quer durch den dahinterliegenden Raum gespannt, ohne allerdings wie bei den meisten anderen, richtigen Spinnenarten ein Netz zu bilden. Es gab mehrere Verdickungen an den Strängen, riesige Kokons, in die irgend etwas eingesponnen war, das Dawleen lieber gar nicht erst näher betrachtete.

»Wir sollten zusehen, daß wir von hier wegkommen«, drängte Delware.

»Das Biest wird sicher nicht wieder lebendig«, erwiderte Dawleen. »Es besteht keine Gefahr mehr. Ich könnte eine Rast wirklich gut brauchen.«

»Dann sieh vorher lieber mal dorthin.« Delware leuchtete in eine Ecke des Raumes. Der Lichtkegel riß ein in das feine Gespinst eingebettetes Gelege aus fünf oder sechs Eiern aus der Dunkelheit. »Nachwuchs.«

Spöttisch verzog Dawleen das Gesicht.

»Na ja, der wird uns wohl erst recht nicht gefährlich werden.«

»Ach ja?« Delwares Gesicht zeigte Ärger über ihre Begriffsstutzigkeit. »Dann werde ich es dir erklären. Bei den meisten Tieren sind genau wie bei den Menschen zwei Exemplare nötig, um für Nachwuchs zu sorgen. Was, wenn das da hinten ein Männchen war? Ich nehme an, seine Partnerin wird auf der Jagd sein, und ich möchte ungern noch hier sein, wenn sie zurückkommt und entdeckt, daß sie Witwe geworden ist. Übrigens, bei den Spinnen sind die Weibchen meistens die größeren und stärkeren Exemplare.«

Er brauchte nicht weiterzureden. McKenna war der erste, der sich umdrehte, und auch Dawleen verzichtete auf eine Antwort. Auf eine Begegnung mit einem weiteren, womöglich noch größeren und angriffslustigeren Spinnenmonstrum konnte sie gut verzichten.

Sie beeilten sich, wieder an den Eingang der Höhle zurückzukehren, als Delware plötzlich stehenblieb, seine Begleiter zurückhielt und sie gleich darauf hinter eine mehrere Meter durchmessende Felssäule stieß.

»Die Lampen aus!« befahl er.

Dawleen hatte im gleichen Moment den Lichtschein entdeckt, der ein Stück weiter vor ihnen tanzte. Als sie sich vorsichtig etwas vorbeugte und um die Ecke sah, konnte sie mehr als ein Dutzend gepanzerte Gestalten erkennen, die sich dort befanden, wo sie selbst zuvor gerastet hatten, und ein jäher Schrecken fuhr ihr in die Glieder.

»Yoyodyne!« wisperte sie.

»Zum Teufel, was machen die verdammten Yoyos denn ausgerechnet hier?« preßte McKenna hervor, nachdem sie sich wieder ein Stück zurückgezogen hatten.

»Was schon?« gab Delware zurück. »Uns suchen natürlich. Ein Zufall kann das nicht sein. Die haben irgendwie unsere Spur bis hierher verfolgt.«

»Und jetzt wissen sie auch genau, daß sie auf der richtigen Fährte sind«, ergänzte Dawleen. Bei ihrem überhasteten Aufbruch nach McKennas Schrei hatten sie einige ihrer Sachen dort zurückgelassen, glücklicherweise nur unwichtige Kleinigkeiten, die lediglich verräterisch waren, jedoch keinen großen Verlust darstellten.

Im Grunde genommen, dachte Dawleen, hatten sie und Delware es nur McKenna und der Spinne zu verdanken, daß sie noch nicht tot waren oder sich in Gefangenschaft befanden. Sie erschauderte noch nachträglich bei der Vorstellung, was passiert wäre, wenn sie während der Rast von den Yoyodyne überrascht worden wären. Vermutlich hätten sie die Gefahr überhaupt erst bemerkt, wenn es bereits zu spät für eine erfolgreiche Verteidigung gewesen wäre.

Vor allem aber irritierte sie das Auftauchen der Yoyos. Delware hatte recht, es konnte eigentlich kein Zufall sein, daß diese auf die Höhle gestoßen waren. Daß die Yoyodyne hier im Gebirge nach ihnen suchten, nachdem sie ihre Verfolgung aufgenommen hatten, war noch durchaus einleuchtend. Auch daß sie ihre Suche gerade hier in diesem Teil der Berge begannen, mochte nicht mehr als eine schicksalhafte Fügung sein, aber daß sie auf Anhieb genau diese Höhle gefunden hatten, war mit bloßem Zufall nicht mehr zu erklären. McKenna hatte den nur von einer Stelle aus sichtbaren Eingang vorhin selbst nur mit viel Glück entdeckt, während sie und Delware daran vorbeigegangen wären.

Spuren hatten sie gerade auf dem Felsgestein mit Sicherheit keine hinterlassen, und angesichts der draußen herrschenden Sonnenglut waren auch Infrarotorter nutzlos. Wie also war es den Yoyos möglich gewesen, sie hier aufzuspüren?

So wichtig die Frage auch für ihre weitere Flucht sein würde, im Augenblick gab es noch dringendere Probleme.

»Sie kommen näher«, berichtete Delware. »Offenbar wollen sie die ganze Höhle absuchen.«

»Und wir sitzen in der Falle«, stellte Dawleen fest. »Verdammt!«

»Das ist noch nicht gesagt«, widersprach McKenna kopfschüttelnd. »Ich bin sicher, daß es noch einen zweiten Ausgang gibt.«

»Und was bringt dich zu der Annahme? Oder ist das bloßes Wunschdenken?«

»Logisches Denken.« McKenna grinste breit. »Ist eigentlich keinem von euch aufgefallen, wie riesig dieses Spinnenmonstrum war und wie klein der Eingang, durch den wir gekommen sind? Unmöglich, daß das Biest da durchgekrochen ist. Sogar wir hatten ja schon Schwierigkeiten.«

Delware nickte anerkennend.

»Du scheinst dich heute ja selbst zu übertreffen, Junge«, brummte er. »Schon wieder etwas, wozu du nutze bist. Also gut, suchen wir nach diesem anderen Ausgang, bevor uns die Yoyos entdecken.«

Sie hasteten zum hinteren Teil der Höhle zurück, allerdings längst nicht so schnell, wie ihnen lieb gewesen wäre. Um sich nicht vorzeitig zu verraten, durften sie ihre Taschenlampen nicht einschalten und mußten sich in völliger Dunkelheit ihren Weg ertasten. Die Yoyodyne folgten ihnen ebenfalls langsamer, als es ihnen möglich gewesen wäre, da sie darauf bedacht waren, nicht in einen Hinterhalt zu geraten. Aber dafür waren sie unerbittlich, und ihre Suche konnte am Ende gar nicht erfolglos sein, da es keine Abzweigungen oder sonstigen Ausweichmöglichkeiten gab.

Erst als sie die Biegung erreichten, die die Höhle ein Stück vor dem See machte, schaltete Delware als erster seine Lampe ein. Nach den letzten Minuten in der Finsternis war das Licht so hell, daß Dawleen geblendet die Lider zusammenkniff. Es dauerte mehrere Sekunden, bis ihre Augen sich einigermaßen daran gewöhnt hatten.

An dem Spinnenkadaver vorbei, der ihren Weg wie ein nicht zu übersehendes Hinweisschild verriet, eilten sie in die kleinere Nebenhöhle. Auch hier hatte sich nichts verändert, wie Dawleen aufatmend feststellte. Das Weibchen des toten Ungeheuers – falls es denn ein solches gab – war noch nicht zurückgekehrt, sonst wären sie genau zwischen den Fronten zweier übermächtig starker Gegner gefangen gewesen.

Vorsichtig drangen sie weiter vor, darauf bedacht, nicht an die quer durch den ganzen Raum gespannten Fäden zu stoßen, deren Oberfläche glitzerte und ziemlich klebrig aussah.

»Da vorne!« rief Dawleen, als sich die Höhle gabelte. Von links drang schwaches Tageslicht herein, und es wurde merklich wärmer.

Sie schalteten ihre Taschenlampen aus, und eine knappe Minute später gelangten sie durch eine mehrere Meter durchmessende Öffnung im Fels ins Freie.

Obwohl die Hitze bereits auf dem letzten Stück bei jedem Schritt um mehrere Grad gestiegen war, hatte Dawleen das Gefühl, eine riesige brennende Hand würde sich um sie schließen. Sie keuchte, und bei jedem Atemzug schien glühende Lava in ihre Lungen zu dringen. Auch den anderen erging es nicht besser, doch hinter ihnen waren bereits wieder gedämpft die Stimmen der Yoyodyne zu hören, und allein ihr Klang war für Dawleen Motivation genug, sich trotz ihrer Erschöpfung zu beeilen.

Sie hasteten in einem schmalen, kaum zweieinhalb Meter tiefen Einschnitt zwischen den Felsen voran, von dem sie zunächst annahmen, daß es sich um ein ausgetrocknetes Bachbett handelte, doch dafür gabelte er sich zu oft. Wahrscheinlich hatte einfach die ungeheuere Hitze das Felsgestein aufplatzen lassen, so daß der sanft ansteigende Berghang von unzähligen solcher winziger Schluchten durchzogen wurde.

Plötzlich stieß Delware, der die Führung übernommen hatte, einen erschrockenen Schrei aus, und gleich darauf entdeckte auch Dawleen die Ursache dafür.

Es gab tatsächlich ein zweites Monstrum – und es war ein Weibchen!

Die Bestie stand ihrem Gefährten in puncto Häßlichkeit in nichts nach, allerdings war sie um gut das Eineinhalbfache größer und schien mit noch mehr Armen und Beinen gesegnet zu sein. Wütend fauchend kam es mit wirbelnden Beinen genau oberhalb der Spalte, in der sie sich befanden, den Berghang herab auf sie zugestürmt, so schnell, daß sie nicht einmal Zeit hatten, auch nur den Versuch zu unternehmen, irgendwo Deckung zu finden –

und stürmte im nächsten Moment an ihnen vorüber, ohne sie auch nur zu beachten.

»Was . . . hat denn das nun wieder zu bedeuten?« preßte McKenna hervor. Sein Gesicht war immer noch eine Grimasse des Schreckens, als könnte er nicht fassen, daß er noch lebte.

Nicht weit entfernt klangen Schreie und die charakteristischen Laute von Laserschüssen auf.

»Die Yoyos«, erklärte Delware grinsend. »Sieht so aus, als hätten sie uns unfreiwillig gerettet. Die Kreatur muß sie entdeckt haben, wie sie gerade aus der Höhle kamen, und da wähnte es wahrscheinlich seine Nachkommen in Gefahr. Also hat es sich sofort auf diese Bedrohung gestürzt. Mutterinstinkt.«

»Dann nichts wie weg hier«, erwiderte McKenna. »Ich habe wenig Lust, gleich gegen den Sieger dieser Begegnung anzutreten.«

Synfile VII

Die Jagd durch das felsige Labyrinth des Vorgebirges ging unbarmherzig weiter. Dawleen gab sich keinen Illusionen hin: Es war tatsächlich eine Jagd, und sie waren die Opfer.

Die Jäger, das waren in diesem Falle die Yoyodyne. Sie waren ihnen nicht nur zahlenmäßig, sondern auch in puncto Ausrüstung weit überlegen; zudem hatten sie keinen stundenlangen Marsch hinter sich, der sie bis an die Grenzen ihrer Leistungsfähigkeit beansprucht und dementsprechend geschwächt hatte. Auch das zweite Spinnenungeheuer hatte sie erwartungsgemäß nicht auf Dauer aufhalten, sondern ihren Vormarsch nur etwas verzögern können. Darüber hinaus hatten die Yoyodyne noch einen weiteren gewaltigen Vorteil auf ihrer Seite: Sie kannten sich hier aus.

Zumindest hatte Dawleen dies anfangs geglaubt, doch mittlerweile sprach immer mehr dagegen. Ganz offensichtlich irrten die Yoyos genau wie sie selbst weitgehend orientierungslos durch das Gewirr der niedrigen, schmalen Felsschluchten. Es war kaum zu glauben, da ihre Basis keine zwanzig Kilometer entfernt lag, aber anscheinend hatten es die Yoyos nie für nötig gehalten, die nähere Umgebung zu erforschen. Zumindest nicht, soweit es dieses Gebirgsmassiv und seine Ausläufer betraf.

Möglicherweise, überlegte Dawleen, hatte es etwas mit

dem zu tun, was die Yoyos auf diesem öden Wüstenplaneten suchten und weshalb das Cybertech-Flottenoberkommando zu dem Schluß gekommen war, daß es so äußerst dringend wäre, Gandamak zurückzuerobern. Dem kleinen Ausschnitt zufolge, den sie bislang von dieser Welt gesehen hatte, schien es hier nichts zu geben außer Steinen, Sand, Hitze und noch mehr Hitze – großer Hitze.

Aber angesichts der Bemühungen, Gandamak zu erobern, mußte es irgend etwas ungeheuer Wertvolles auf diesem Planeten geben, und um was immer es sich dabei auch handeln mochte, es war anscheinend nur in der Wüste zu finden, da die Yoyos dort ihre Basis errichtet und sich überhaupt nicht um dieses Gebirge gekümmert hatten.

Aber das waren nicht mehr als wilde Spekulationen, die ihnen im Moment nicht weiterhalfen. Bedeutsam war nicht, *warum* die Yoyos sich in diesem Gebiet so schlecht auskannten, sondern nur, *daß* es so war. Neben einer gehörigen Portion Glück war dies der einzige Grund, weshalb Dawleen und ihre Begleiter noch am Leben waren. Und nicht nur das: Es war ihnen außerdem gelungen, sich bereits ein beträchtliches Stück von den Suchtrupps der Yoyodyne zu entfernen, und sie vergrößerten diesen Abstand ständig weiter.

Mittlerweile fragte sich Dawleen sogar, ob die rasche, zielsicher erscheinende Entdeckung der Höhle nicht vielleicht doch nur ein zwar sehr unwahrscheinlicher, immerhin aber möglicher Zufall gewesen war. Falls die Yoyos jedoch zuvor irgendeine Möglichkeit besessen hatten, ihren Spuren zu folgen oder sie sonstwie aufzuspüren, so besaßen sie diese Fähigkeit inzwischen ganz offensichtlich nicht mehr, da sie bei ihrer Suche mehr oder weniger hilflos zwischen den Felsen herumkraxelten. Von ihrem erhöhten Punkt am Berghang aus konnte Dawleen sie gelegentlich entdecken.

Bei der Flucht kam es ihr und den anderen beiden zugute, daß ihre Verfolger nur mit Luftkissenfahrzeugen angerückt waren, die ihnen hier in dem extrem unebenen, felsigen Gelände nicht viel nutzten. Die Fahrzeuge schwebten auf einem Luftkissen relativ dicht über dem Boden. Auf so unebenem Gelände kamen sie nicht weiter; sie waren nicht für die Erklimmung von Gebirgszügen geschaffen worden. Dadurch war es den Yoyodyne unmöglich, die Umgebung aus der Höhe zu beobachten. Wären sie mit Antigravfahrzeugen gekommen, die bis zu einer fast beliebigen Höhe aufsteigen konnten und vom Untergrund unabhängig waren, hätte alles ganz anders ausgesehen. Eine Flucht vor einem Gegner, der nicht nur stets wußte, wo man sich befand, sondern einen zusätzlich auch aus der Luft angreifen konnte, wäre völlig aussichtslos gewesen.

Dawleen quälte sich mühsam auf einen weiteren fast mannshohen Felsbrocken, der ihr den Weg versperrte, und wollte sich auf der anderen Seite herabgleiten lassen, doch ihre Kräfte verließen sie, und sie verlor den Halt. Aus gut eineinhalb Meter Höhe stürzte sie zu Boden. Schon vorher hatte ihr ganzer Körper ihr weh getan, aber der Aufprall auf den geröllbedeckten Untergrund erfüllte sie mit einer weiteren grellen Lohe aus Pein.

Dawleen blieb reglos liegen und kämpfte darum, nicht das Bewußtsein zu verlieren. Feurige Kreise tanzten vor ihren Augen. Der Aufprall hatte ihr die Luft aus den Lungen gepreßt, und es fiel ihr schwer zu atmen.

Neben ihr glitt McKenna, der die Nachhut ihrer kleinen Gruppe bildete, von dem Felsen herab. Auch seine Bewegungen waren längst schon nicht mehr so geschmeidig wie am Anfang der Klettertour, aber immer noch halbwegs geschickt. Er beugte sich über sie. Auch Delware hatte inzwischen gemerkt, daß etwas nicht stimmte, und kehrte zu ihnen zurück.

»Was ist los?« fragte McKenna besorgt.

Seine Frage war so idiotisch, daß Dawleen Wut in sich aufsteigen fühlte, und diese Wut verlieh ihr kurzzeitig noch einmal neue Kraft.

»Ich bin ... nur mal eben von dem ... Felsen gefallen«, krächzte sie zornig. »Ach ja, und ich sterbe, aber ... sonst ist gar nichts los.«

Delware und McKenna verzogen nicht einmal pflichtschuldig das Gesicht.

»Kannst du noch weiter?« erkundigte sich der Sergeant.

Dawleen nickte mühsam.

»Gleich«, brachte sie mühsam über die Lippen. »Ich brauche ... nur ein paar Minuten ... Pause, um mich zu ... erholen.«

Delware starrte sie einige Sekunden lang an, dann nickte auch er.

»Geht wohl nicht anders. Außerdem haben wir zum Glück genug Vorsprung vor den Yoyos, daß wir uns eine Rast leisten können.« Er zögerte kurz, dann fügte er hinzu: »Ich werde schon mal ein Stück das Weges vor uns erkunden. Vielleicht finde ich einen günstigeren und vor allem sichereren Platz für eine Rast. Ihr wartet solange hier und erholt euch, so gut es geht.«

Dawleen nickte und beobachtete mit halb geschlossenen Augen, wie Delware sich durch eine Felsspalte zwängte und gleich darauf verschwunden war. In ihrem Kopf drehte sich alles. Was sie sich in den vergangenen Stunden zugemutet hatte, war entschieden zuviel gewesen. Der Kampf in der Station, die Bruchlandung des Moduls, der Marsch durch die Gluthitze, der Kampf gegen das Spinnenmonster, dazu noch die Schulterwunde und die harten Schläge, die das Ungeheuer ihr versetzt hatte – viel mehr hätte selbst Captain Blitz von der kybernetischen Sternenpatrouille, der stahlharte Holovid-Held ihrer Kindheit, nicht ertragen können. Um auch nur wieder halbwegs fit zu werden, hätte sie einige Stunden Entspannung in einem Regenerationstank benötigt und anschließend ein Bett, um mindestens drei Tage ungestört durchzuschlafen. Angesichts der Umstände wäre sie allerdings schon damit zufrieden gewesen, sich nur eine einzige Stunde ausruhen zu können, und selbst dieser Wunsch schien momentan unerfüllbar zu sein.

»Die verdammten Yoyos!« sprach McKenna aus, was sie dachte. »Wir hätten wunderbar bis morgen in der Höhle abwarten können, wenn diese Mistkerle nicht aufgetaucht wären.«

Dawleen antwortete nicht. Sie wollte die wenigen Minuten, die ihr zum Ausruhen blieben, nicht mit Reden vergeuden.

»Ich möchte nur wissen, wie die uns da gefunden haben«, sprach McKenna unbeirrt weiter. Daß Dawleen keinerlei Lust zu einer Unterhaltung hatte, schien er gar nicht zu bemerken, oder es war ihm egal, da er anscheinend ohnehin in erster Linie nur laut dachte. »Vielleicht haben die hier irgendwo winzige Sonden rumschwirren, die gesehen haben, wie wir in die Höhle gekrochen sind.«

An diese Möglichkeit hatte Dawleen noch gar nicht gedacht. Für einen kurzen Moment erschreckte sie der Gedanke so sehr, daß sie die Augen öffnete, doch dann verwarf sie ihn wieder.

»Unwahrscheinlich«, murmelte sie. »Dann würden sie jetzt nicht so planlos da unten rumlaufen.«

»Stimmt auch wieder.«

»Wenn du mir einen Gefallen tun willst, dann halt mal für eine Weile die Klappe.«

»Okay.« McKenna nickte. »Wie du willst.«

Dawleen schloß die Augen wieder und genoß die Stille. Fast wäre sie vollends eingeschlafen, doch sie kämpfte tapfer gegen ihre Müdigkeit an. Sie wußte, daß sie sich anschließend nur noch erschöpfter und zerschlagener fühlen würde, so daß sie sich damit begnügte, einfach nur vorübergehend geistig abzuschalten und an gar nichts zu denke.

Natürlich schlief sie doch ein, wenn auch offenbar nur für wenige Minuten. Sie wurde wach, als Delware zurückkehrte. Er war sichtlich aufgeregt. Benommen starrte Dawleen zu ihm hoch.

»Genug der Faulenzerei, steht auf!« rief er. »Ich habe etwas entdeckt, das müßt ihr euch selbst ansehen.«

»Ein Hotel mit Klimaanlage, Swimming-pool, Regenerationstank und Zimmerservice?« spöttelte McKenna.

»So ähnlich, allerdings nicht ganz so komfortabel. Und die Rechnung bezahlen wir, indem wir uns zur Umwandlung in Humsz zur Verfügung stellen«, erwiderte Delware mit gleichem Galgenhumor. »Jetzt kommt endlich.«

Dawleen ließ sich von ihm aufhelfen. Wie sie befürchtet hatte, hatten die wenigen Minuten Schlaf ihr keine neuen Kräfte verliehen, sondern noch mehr geraubt. Sie fühlte sich benommen und noch unsicherer auf den Beinen als zuvor. Bei den ersten Schritten wäre sie fast gestürzt, hätte sie sich nicht an der Felswand abgestützt.

McKenna führte sie durch die Risse im Gestein zu einer Spalte, die in einen Gang mündete, dessen Decke so niedrig hing, daß sie nur gebückt gehen konnten. Glücklicherweise war der Gang jedoch nicht lang. Bereits nach wenigen Metern hatten sie das jenseitige Ende erreicht. Delware blieb stehen.

»Nun, was haltet ihr davon?« fragte er,

Dawleen trat neben ihn, folgte seinem Blick und runzelte überrascht die Stirn, als auch sie sah, was er entdeckt hatte.

»Eine Straße, oder was soll das sein?« murmelte McKenna.

Sie stiegen einen kurzen Geröllhang hinab.

Was sie vor sich hatten, war tatsächlich eine Straße. Sie war aus sechseckigen, knapp einen Meter durchmessenden Platten zusammengesetzt und verlief in sanften Windungen den Berghang entlang, wobei sie dem natürlichen Verlauf des Geländes folgte.

»Verziehen wir uns lieber«, sagte McKenna und blickte sich nervös um. »Wahrscheinlich patrouillieren die Yoyos hier und warten nur darauf, daß wir ihnen direkt in die Arme laufen.«

»Ich glaube nicht, daß die Yoyos überhaupt von dieser Straße wissen«, widersprach Delware. »Sie kennen sich in dieser Gegend ganz offensichtlich nicht besonders gut aus. Wenn überhaupt, dann haben sie sich das Gebirge höchstens flüchtig aus der Luft angesehen, und von oben ist das Ding kaum auszumachen. Teilweise hängen die Felswände über, und außerdem sind die Platten so mit Sand, Staub und Geröll übersät, daß das eine regelrechte Tarndecke ist. Aus der Luft entdeckt die niemand.«

»Schätze ich auch«, stimmte Dawleen zu. »Und eine Patrouille brauchen wir wohl auch nicht zu befürchten. Diese Straße ist seit etlichen Jahren von niemandem mehr benutzt worden.«

»Hm«, machte McKenna. Er blieb auch weiterhin mißtrauisch und hielt seinen Laser schußbereit in der Hand. »Und warum sollten die Yoyos hier eine Straße bauen, wenn sie sie dann nicht mehr benutzen?«

»Wer sagt denn überhaupt, daß es die Yoyos waren, die

sie gebaut haben?« erkundigte sich Dawleen ruhig. Am Aufblitzen in Delwares Augen erkannte sie, daß er verstanden hatte, was sie meinte. So weit schien auch er noch gar nicht gedacht zu haben. »Soweit ich weiß, sind die Yoyodyne erst seit sechs Jahren auf Gandamak«, sprach sie weiter. »Aber ich verwette einen kompletten Jahressold darauf, daß diese Straße schon sehr viel länger nicht mehr benutzt worden ist, vielleicht schon seit Jahrzehnten.«

»Aber . . . wenn nicht die Yoyos dieses Ding gebaut haben, wer dann?« fragte McKenna verständnislos.

»Die Phagon natürlich«, beantwortete Delware die Frage. »Nur sie kommen dafür in Frage. Bevor die Yoyodyne sich vor sechs Jahren hier breitgemacht haben, war Gandamak von den Phagon besetzt.«

»Die Phagon?« McKenna breitete in einer hilflosen Geste die Arme aus. »Was haben die nun wieder mit der ganzen Geschichte zu tun?«

»Vielleicht nichts, vielleicht sehr viel«, antwortete Delware. »Kann schließlich gut sein, daß wir etwas entdecken, was uns weiterhilft. Eine Straße führt normalerweise irgendwo hin, und ich würde zu gerne herausfinden, was wir am Ende von dieser hier finden.«

Er trat auf die Straße und wandte sich nach rechts, da sie in linker Richtung wieder hinab in die Wüste zu führen schien.

»Ich auch«, bestätigte Dawleen und folgte ihm.

»Ich nicht«, brummte McKenna, aber da ihm nichts anderes übrig blieb, schloß er sich ihnen mißmutig an. »Wenigstens läßt es sich hier bequemer laufen.«

Dawleen ging einige Meter hinter Delware und McKenna und hielt den Kopf die meiste Zeit über gesenkt, um nicht in den grellen Glutball der Sonne starren zu müssen. Sie waren der verfallenen Straße nun bereits gut drei Kilometer weit gefolgt, ohne auf etwas Bemerkenswertes gestoßen zu sein. Die Straße wand sich längs der Hänge hoch in Richtung der Berge und war immer wieder unter Überhängen direkt in den Fels hineingesprengt worden, so daß sie aus der Luft oder gar dem Orbit tatsächlich fast unmöglich zu entdecken war. Alles deutete darauf hin, daß die Yoyos sie tatsächlich in den sechs Jahren ihres Hierseins nicht bemerkt hatten. Die überall herumliegenden Felsbrocken machten sie für Rad- und Kettenfahrzeuge unpassierbar; teilweise war sie über Dutzende von Metern vollständig unter Geröll begraben, das bei Erdrutschen herabgestürzt war. Dawleen überlegte gerade zum ungezählten Male, ob sie sich einen kleinen, einen *winzigen* Schluck Wasser erlauben konnte oder ob sie noch warten sollte, als Delware vor ihr plötzlich stehenblieb. Sie schloß zu ihm und McKenna auf, und auch dann entdeckte sie hinter einer Biegung das Tor.

Es bestand aus zwei riesigen Platten, die etwa sechs Meter hoch und jeweils zwei Meter breit waren. Es wurde von einigen Felsen gut verdeckt und war etwa zwei Meter tief in die Felswand eingelassen. Die Platten waren absolut glatt, aber farblich dem umgebenden Gelände angepaßt – künstlich, aber nur schwer zu entdecken.

»Na also«, kommentierte Delware zufrieden. »Das sieht doch ganz nach einer zumindest kleinen Station aus. Wenn wir Pech haben, finden wir hinter dem Tor nur noch ein paar leergefegte Räume, aber mit ein bißchen Glück haben die Phagon uns noch etwas dagelassen, das wir gebrauchen können.«

»Irgendwie gefällt mir das nicht«, murmelte Dawleen. »Das stinkt alles geradezu nach einer Falle. Wir sollten vorsichtig sein.«

»Bin ich immer«, behauptete Delware. »Jedenfalls innerhalb bestimmter Grenzen. Aber manchmal muß man auch ein Risiko eingehen. Das geht nun mal nicht anders. Sonst können wir bis morgen hier rumstehen, ohne das Tor aufzubekommen.«

»Daran dürfte sich auch nichts ändern, wenn wir näher rangehen«, entgegnete McKenna. »Oder hat vielleicht jemand den passenden Schlüssel dabei? Das Tor sieht stabil genug aus, um auch einem Beschuß aus schweren Geschützen standzuhalten. Da können wir mit unseren popeligen Handlasern lange rumspielen. Außerdem traue ich den Phagon einfach nicht.«

»Denkst du ich? Denen traue ich nur in einer Hinsicht – nämlich alles Schlechte zu«, erwiderte Delware. »Trotzdem sollten wir uns das Tor genauer ansehen. Vielleicht bekommen wir es ja doch irgendwie auf. Allerdings wird da mit Gewalt wirklich nichts zu machen sein. Selbst wenn wir entsprechend schweres Gerät hätten, müßten wir damit rechnen, daß sich die Station im Falle eines gewaltsamen Eindringens selbst zerstört.«

»Warten wir doch erst einmal ab, was wir finden, statt hier wild drauflos zu spekulieren«, schlug Dawleen vor. »Vielleicht liegt hinter dem Tor ja auch nichts anderes als der Abstellraum für die Kehrmaschinen, die die Straße früher mal saubergehalten haben.«

Delware und McKenna grinsten flüchtig, während Dawleen als erste auf das Tor zuging. Sie hatte noch keine zwei Schritte gemacht, als es über dem Tor im Gestein aufblitzte. Darleen hatte nicht die geringste Chance zu reagieren.

Im gleichen Sekundenbruchteil, in dem sie den auf sie abgefeuerten Laserstrahl sah, bohrte dieser sich bereits exakt in Höhe ihres Herzens in ihre Brust.

Synfile VIII

»Entkommen?« Voller nur mühsam beherrschter Wut starrte Day-ho Tashagino den Boten an, der gerade mit dem Jäger zurückgekehrt war. »Wie konnte das passieren?«

»Wir haben einfach zu wenig Leute vor Ort, um ein so großes Gebiet zu durchkämmen«, berichtete der Bote. »Es gibt dort unzählige Verstecke. Außerdem kann von einem Entkommen keine Rede sein. Wir suchen ja noch weiter. Ich bitte lediglich darum, uns für die Suche Verstärkung zur Verfügung zu stellen.«

»Ausgeschlossen«, lehnte Tashagino die Bitte ab. »Ihr wußtet, wo sich die Gesuchten versteckt haben. Wieso konntet ihr sie nicht in der Höhle schnappen?«

»Sie befanden sich bereits nicht mehr dort, als wir in der Höhle eintrafen.«

»Aber sie sind vorher dort gewesen?«

»Das sind sie, und ihr Aufbruch erfolgte allem Anschein nach ziemlich abrupt. Sie haben einige Sachen an ihrem Rastplatz zurückgelassen.«

Tashagino nickte. Auch wenn die Suche nicht von Erfolg gekrönt worden war, so hatte sich immerhin ein weiteres Mal bestätigt, daß die Hinweise des unbekannten Funkinformanten offenbar zuverlässig waren.

Anderseits hatten diese bislang noch nicht viel bewirkt. Die Warnung vor dem Angriff auf Orbiter VII war zu spät erfolgt, und nun waren die Cybertechs entwischt. Es bestand also nach wie vor die Möglichkeit, daß der Unbekannte sich nur ihr Vertrauen mit letztlich unwichtigen Hinweisen zu erschleichen versuchte, um sie später in einer entscheidenden Situation zu einem Fehler zu verleiten.

»Berichte, was dann geschehen ist!« verlangte der Dayho barsch.

»Als wir die Höhle durchsuchten, entdeckten wir im hinteren Teil den Kadaver einer Sandspinne. Das Tier war noch nicht lange tot. Seine Gefährtin griff uns an und verzögerte unsere Verfolgung der Technos. Sie sind weiter in die Berge hinaufgestiegen. Wir könnten sie immer noch aufspüren, wenn wir nur mehr Leute und Unterstützung aus der Luft hätten.«

»Nein«, wiederholte Tashagino. »Ich brauche alle Kräfte hier, um Vorbereitungen für den bevorstehenden Angriff der Technos zu treffen. Da kann ich nicht noch mehr Leute abzweigen, nur um drei Flüchtlinge zu jagen, die sich irgendwo in den Bergen verstecken. Die Suchmannschaft wird es auch so schaffen, sie aufzuspüren.«

»Wie Ihr befehlt, Euer Lordschaft.«

Der Bote verneigte sich demütig und verließ den Raum.

Es war nicht nur ein Laserstrahl, der nach Dawleens Brust stach. Es waren gleich zwei, wobei der zweite schräg aus dem Himmel zu kommen schien.

Ein doppelter Schrei gellte auf, plötzlich gab es weiteres Laserfeuer, und dann erloschen die beiden auf sie gerichteten Strahlen.

Dawleen versuchte einen Schritt zu machen, verlor das Gleichgewicht und stürzte zu Boden, wo sie reglos liegenblieb und sich darüber wunderte, daß sie noch lebte. Sie spürte keinerlei Schmerz, anscheinend wurden alle Empfindungen noch von dem Schock verdrängt.

War dies bereits der Tod, oder lebte sie nur deshalb noch, weil zwar ihr Körper tödlich getroffen war, ihr Bewußtsein dies aber noch nicht begriffen hatte?

Sie *mußte* tot sein! Immerhin war sie von gleich zwei Laserstrahlen direkt ins Herz getroffen worden. Kein Mensch überlebte eine solche Verletzung. Sie hätte schon jetzt nicht mehr am Leben sein dürfen, aber vielleicht war das, was von ihr noch lebte, nichts weiter als das, was Philosophen als *Seele* bezeichneten, die sich noch nicht völlig von ihrer körperlichen Hülle gelöst hatte.

Aber die Augenblicke reihten sich zu Sekunden, ohne daß etwas geschah. Noch immer empfand Dawleen keinen Schmerz, wohl aber spürte sie den Sand unter sich und die Hitze, die er gespeichert hatte; fühlte, wie die Sonne auf ihrer Haut brannte und wie es in ihrer Nase kribbelte.

Zwei von Entsetzen geprägte Gesichter beugten sich über sie: Delware und McKenna, und erst jetzt erlaubte sich Dawleen daran zu glauben, daß sie das doppelte Laserfeuer tatsächlich überlebt haben könnte. Delware und McKenna redeten auf sie ein, aber sie stand noch zu sehr unter der Wirkung des Schocks, um etwas zu verstehen.

Vorsichtig richtete sie sich in eine sitzende Haltung auf, tastete nach ihrer Brust und blickte an sich herab, darauf gefaßt, ein blutiges Einschußloch zu entdecken, doch statt dessen atmete sie nur tief durch, und ohne daß sie es verhindern konnte, quoll ein hysterisches Kichern über ihre Lippen, als sie begriff, was passiert war.

Sie war gar nicht von zwei Laserstrahlen getroffen worden, auch wenn es so ausgesehen hatte. Was sie für einen zweiten Energiestrahl gehalten hatte, war in Wahrheit nur eine Reflektion des ersten gewesen. In die Brusttasche ihrer Uniform war ein kleines Loch hineingebrannt, und dahinter war etwas Dunkles, Mattes zu sehen, etwas, das an schwarzen Chrom erinnerte. Der Schrecken auf den Gesichtern der beiden Männer verwandelte sich in Verständnislosigkeit, als Dawleens Kichern in ein immer schriller werdendes Lachen überging. Sie griff in die Tasche und holte die schwarze Panzerschuppe des Spinnenmonstrums heraus, die sie als Souvenir eingesteckt hatte. Es waren leichte Brennspuren darauf zu erkennen, aber der Laserimpuls hatte nicht lange genug gedauert und war nicht intensiv genug gewesen, um sich hindurchzubrennen. Schließlich hatte sie selbst erlebt, wie ungeheuer widerstandsfähig diese Schuppen waren, da sie einen Großteil der Laserenergie einfach reflektierten. Daß jedoch ausgerechnet dieses Erinnerungsstück an einen gefährlichen Kampf ihr das Leben retten würde, hätte sie sich im Traum nicht vorgestellt.

»Das glaube ich nicht!« stieß Delware hervor. »Ich sehe es, aber ich weigere mich einfach, es zu glauben.«

»Whouw«, keuchte McKenna. »Ich dachte schon, um dich wäre es geschehen.«

Dawleen hörte auf zu lachen und schnappte nach Luft.

»Unkraut vergeht nicht«, erwiderte sie. »So leicht bin ich nicht umzubringen. Allerdings – das war wirklich verdammt knapp. Ich kann es ja selbst noch kaum glauben.«

Erst jetzt wurde sie sich bewußt, wie stark ihre Hände zitterten – auch das war eine Wirkung des Schocks.

»Du scheinst jedenfalls einen wirklich extrem guten Schutzengel zu haben«, sagte Delware, streckte ihr die Hand entgegen und half ihr, wieder auf die Beine zu kommen. »Soviel Glück ist ja schon fast unheimlich. Von uns beiden hätte keiner so einen hinterhältigen Beschuß überlebt. Zum Glück bist du vorausgegangen. Am besten schicken wir dich einfach auch in Zukunft jedesmal vor, wenn es gefährlich wird. Du holst dann jeweils für uns die Energiezellen aus dem Feuer.«

»Das könnte euch so passen.« Dawleen blickte zu dem Tor hinüber. Wo sich das automatische Geschütz befunden hatte, war der Fels unter der Energie von Delwares und McKennas Laserschüssen geschmolzen und mittlerweile wieder erstarrt.

»Außerdem habe ich euch ebenfalls zu danken. Ich glaube nicht, daß mich die Panzerschuppe noch lange geschützt hätte, oder ich hätte mich bewegt und wäre dann getroffen worden, wenn ihr das Geschütz nicht zerstört hättet.«

»Mir hat die ganze Sache von Anfang an nicht behagt«, erinnerte McKenna sie. »Wollt ihr wirklich immer noch in diese Station? Wahrscheinlich wimmelt es da drin nur so von weiteren Fallen dieser Art. Soweit es mich betrifft, kann ich darauf gut verzichten. Da schlage ich mich ja noch lieber mit ein paar Yoyos herum.«

»Am liebsten wäre mir, wir könnten auf beide Alternativen verzichten«, entgegnete Dawleen. »Aber leider geht es nicht immer danach, was uns am liebsten wäre.«

»Richtig«, bestätigte Delware. »Ich glaube nicht, daß uns hier draußen noch weitere Fallen erwarten. Wir dürften uns dem Tor jetzt also relativ ungefährdet nähern können. Da ich außerdem schon immer neugierig war, ziehe ich diesen Weg einem aussichtslosen Kampf gegen überlegene Yoyodyne-Verbände bei weitem vor. Gehen wir.«

Vorsichtig näherten sie sich der Station, doch wie Delware vermutet hatte, gab es keine weiteren automatischen Sicherheitsvorrichtungen mehr. Unbeschadet erreichten sie das Tor.

»Und nun?« Mißmutig betrachtete McKenna die beiden gewaltigen Torflügel. »Da uns niemand öffnet, müssen wir die Tür wohl selbst aufmachen. Hat zufällig jemand ein Brecheisen dabei? Müßte aber schon ziemlich groß sein.«

»Irgendwo muß es hier einen Öffnungsmechanismus geben«, sagte Delware. »Das da vorne sieht doch schon mal ganz gut aus.«

Er trat vor eine kleine Platte, die rechts neben dem Tor in die Felswand eingelassen war, verzog aber gleich darauf enttäuscht das Gesicht. Was er für die Abdeckung eines Bedienungsfeldes gehalten hatte, erwies sich als eine etwa handflächengroße Scannerplatte, die durch Witterungseinflüsse fast völlig blind geworden war.

»Ich nehme alles zurück«, knurrte Delware. »Sieht erstens nicht so aus, als ob das Ding noch funktionieren würde, und selbst wenn, würde es uns nichts nutzen, da es Fingerabdrücke oder sonst irgendwelche Charakteristika abtastet, die wir nicht zu bieten haben. Aber versuchen kann man es ja mal.«

Er legte seine Handfläche auf die gläserne Platte, doch wie kaum anders zu erwarten war, passierte nichts. Er bewegte die Hand hin und her, preßte sie fester gegen das Glas, drehte sie – kein Erfolg.

»Na gut, das war es dann wohl. Verschwinden wir endlich und suchen uns irgendwo eine andere Höhle, wo wir uns bis morgen verstecken können, bevor die Yoyos hier auftauchen«, schlug McKenna vor.

»Mist. Ich hasse es, ein paar Zentimeter vor dem Ziel noch zu scheitern.« Wütend trat Dawleen neben Delware und strich ebenfalls mit der Hand kurz über die Scannerplatte. Sie wollte die Finger gerade wieder zurückziehen, als tief im Inneren des Berges ein Mechanismus brummend anlief. Dawleen war viel zu verblüfft, um zu reagieren. Sie bewegte sich erst, als Delware sie am Arm packte.

»In Deckung!« rief er. »Wer weiß, was uns dahinter erwartet.«

Zusammen mit Dawleen preßte er sich rechts neben dem Tor an die Felswand, während McKenna auf der gegenüberliegenden Seite Schutz suchte.

Die beiden tonnenschweren Hälften des Tores begannen sich langsam zu öffnen – *sehr* langsam und mit einem schleifenden Geräusch, als der Mechanismus zum ersten Mal nach zahlreichen Jahren wieder zum Leben erwachte.

Dawleen begriff nicht, warum die Automatik ausgerechnet bei ihr reagiert hatte. Hatte sie irgendein biologisches Muster, irgendein Merkmal, das die Automatik registriert und ihr deshalb Zutritt in die Station verschafft hatte? Unter normalen Umständen wäre dies so gut wie unmöglich – die Phagon waren nach Jahrhunderten der Genmanipulation biologisch und genetisch zu verschieden vom Rest der Galaxis, als daß irgendwelche gemeinsamen Merkmale existieren konnten. Anderseits war die Scannerplatte durch die Witterung so zerkratzt und abgeschmirgelt, daß alle Abtastungen und Anzeigen ohnehin stark verfälscht wurden.

Vielleicht hatte die Automatik aber auch gar nicht bei ihr angesprochen – vielleicht brauchte nur irgend jemand seine Hand auf die Platte zu legen, und der uralte Mechanismus hatte nur mit entsprechender Verzögerung auf Delware reagiert. Es gab zahlreiche mögliche Erklärungen, eine so gut oder so schlecht wie die andere.

Das Tor war mittlerweile weit geöffnet, und dahinter wurde ein Gang sichtbar, der genauso breit und hoch war wie die Torflügel selbst. Der Gang war offenbar in den

Fels geschmolzen, denn die Wände waren glatt – zu glatt, um natürlichen Ursprungs zu sein. Das Brummen im Inneren des Berges verstummte, ansonsten jedoch passierte nichts. Aber auch wenn die Station mit allergrößter Wahrscheinlichkeit schon seit vielen Jahren nicht mehr besetzt war, bedeutete das noch lange nicht, daß man sie gefahrlos betreten konnte. Das automatische Lasergeschütz war eine drastische Warnung gewesen, und es mochte noch weitere Abwehreinrichtungen geben.

»Wir werden es wohl ausprobieren müssen«, sagte Delware bedächtig. »Ich gehe als erster.«

Vorsichtig trat er ein paar Schritte vor, bis er mitten vor dem nun offenen Tor stand, dann betrat er den Gang. Auch weiterhin passierte nichts. Delware bedeutete ihnen mit einem Handzeichen, ihm zu folgen. Der Boden war staubig, und bei jedem Schritt wirbelten sie mit ihren Stiefeln Schmutz auf. Ganz offensichtlich hatte schon seit vielen Jahren niemand mehr diesen Gang betreten.

Nachdem sie etwa ein Dutzend Meter tief in den Berg hineingegangen waren, begann sich das Tor hinter ihnen langsam wieder zu schließen. Gleichzeitig flammte über ihnen die Deckenbeleuchtung auf. Dawleen zuckte zusammen und lächelte gleich darauf verlegen. Sie hatte sich erschrocken, aber es gab auch jetzt keinen Grund zur Beunruhigung.

»Respekt«, sagte Delware spöttisch. »Ich hätte unseren Phagon-Freunden gar nicht zugetraut, etwas zu bauen, das auch nach Jahren noch reibungslos funktioniert.« Die Mitglieder der Bruderschaft oder die Phagon, wie sie galaxisweit nach den von Ihnen vorwiegend eingesetzten Truppen – genmanipulierten, etwa menschengroßen, ziegenbockähnlichen Wesen vom Planeten Phagon – genannt wurden, genossen in der Tat nicht gerade den Ruf hervorragender Ingenieure. Mit wenigen Ausnahmen war die von ihnen benutzte Technologie entweder von anderen Fraktionen eingekauft, oder sie stand auf niedrigem technologischen Niveau, und sie versuchten, diesen Mangel durch den Einsatz biologischer Kampfmaschinen wie den gefürchteten Berserkerzüchtungen oder in der Retorte nachgezüchteten Battle-Clones wettzumachen – *darin* allerdings waren sie unangefochtene Meister.

Der Gang, der nun sichtbar wurde, erstreckte sich noch etwa zweihundert Meter geradeaus in den Berg und schien dann auf eine Art Kreuzung zu münden.

»Wer immer das gebaut hat, hat sich verdammt viel Mühe gegeben«, sagte Delware leise. Dawleen mußte ihm recht geben. Die Baumeister dieser Station hatten einen großen Aufwand betrieben. Durch die mehr als hundert Meter dicken Fels über ihren Köpfen war diese Station vermutlich selbst gegen ein nukleares Bombardement aus dem Orbit geschützt. Welchem Zweck auch immer sie einst gedient, was auch immer es hier einmal gegeben hatte, es war wichtig genug gewesen, so geschützt zu werden.

Sie erreichten die Kreuzung des Ganges, der sich in drei Richtungen teilte. Delware spähte vorsichtig um die Ecke, konnte aber nichts Bemerkenswertes entdecken und gab Dawleen und McKenna ein Zeichen, zu ihm aufzuschließen. Der Gang geradeaus und der nach rechts waren genauso groß wie der Gang, den sie gekommen waren – beeindruckende sechs Meter hoch und vier Meter breit, und sie erstreckten sich weiter in den Berg hinein. Wer immer das gebaut hatte, mußte etwas verdammt *Großes* hier hereingeschafft haben. Der Tunnel auf der linken Seite hatte eine normale Höhe und endete nach wenigen Metern vor einem Schott.

McKenna stieß geräuschvoll die Luft aus. Als Dawleen

ihn ansah, war er merklich blasser im Gesicht geworden.

»Was ist denn los?«

»Entweder haben wir gerade ganz ungeheures Glück gehabt, oder wir haben hier wohl nichts mehr zu befürchten.« Er deutete auf einen Punkt wenige Meter hinter ihnen an der Decke. Gut getarnt durch eine der Leuchtröhren befand sich dort ein weiteres Lasergeschütz, das sie ins Visier genommen hatte. Es hätte sie alle drei töten können, bevor sie überhaupt gemerkt hätten, was passierte.

Auch Dawleen wurde blaß.

»Ist kaum anzunehmen, daß ausgerechnet dieses Geschütz defekt ist«, murmelte sie. »Soviel Glück gibt es gar nicht. Demnach sind die Verteidigungseinrichtungen der Station anscheinend deaktiviert worden. Wir wurden als eintrittsbefugt eingestuft, auch wenn ich nicht recht verstehe, wieso. Aber es erleichtert uns die Sache natürlich ganz ungemein.«

»Das will ich meinen«, kommentierte Delware. Er trat in den kleineren Gang hinein und blieb vor dem Schott stehen. Auch hier befand sich rechts eine kleine Scannerplatte, nur sah diese noch so gut wie neu aus. Er streckte die Hand aus, um sie darauf zu legen, doch Dawleen trat hastig vor, ergriff seinen Arm und drückte ihn nach unten.

Fragend blickte Delware sie an.

»Wir sollten kein Risiko eingehen«, sagt sie. »Das Außentor ging auf, als der Scanner meine Hand geprüft hat. Anscheinend hat er auf irgendein Merkmal reagiert. Besser, wenn ich es auch hier versuche, bevor wir womöglich doch noch irgendwelche Verteidigungsmechanismen auslösen.«

»Klingt einleuchtend«, sagte Delware und trat zur Seite, um ihr Platz zu machen.

Dawleen atmetete tief durch. Was sie gesagt hatte, mochte einleuchtend *klingen*, aber es war nicht der einzige Grund, warum sie Wert darauf gelegt hatte, es selbst zu versuchen. Beim Außentor hatte sie nicht sicher sein können, ob es sich aufgrund der Abtastung *ihrer* Hand geöffnet hatte oder ob es eine verzögerte Reaktion auf Delwares vorangegangenen Versuch gewesen war. Dies wollte sie jetzt genau wissen. Auch war diese Scannerplatte so gut wie neuwertig, falls sie also tatsächlich den Zugang freigab, so lag es nicht daran, daß sie im Laufe der Jahre von Wind und Sand fast blindgeschmirgelt worden war.

Dawleen zögerte nicht länger. Kurzentschlossen drückte sie ihre Hand fest gegen die Platte. Fast lautlos glitt das Schott zur Seite.

Der Raum hinter dem Schott war rund und maß etwa zehn Meter im Durchmesser. Rechts und links vom Eingang waren nahezu halbkreisförmig einige Sitze installiert, die vor Bedienpulten oder Computern standen – jedenfalls waren dort Bildschirme und Tastaturen zu sehen. Dawleen wunderte sich, in einer solchen Anlage einen Computer zu sehen, der tatsächlich mit einer Tastatur bedient wurde – normalerweise *sagte* man den Maschinen einfach, was man von ihnen wollte. Dann aber fiel ihr auf, daß die Tastaturen irgendwie anders aussahen, als sie es von den wenigen Geräten gewohnt war, die im Feldeinsatz noch so bedient wurden.

»Tja, mit drei Fingern tippt es sich halt anders.« Das war McKenna, der hinter sie getreten war und ihre Gedanken erraten zu haben schien. »Wußtest du nicht, daß Battle-Clones nur drei Finger haben?«

»Das sieht doch alles ganz normal aus hier«, ließ Delware sich vernehmen. Er hatte in der Tat recht. Die Einrichtung des Raumes schien für normale Menschen gemacht zu sein – nicht für fünf Meter große grüne Monster oder was immer sie erwartet hatten. Vielleicht waren auch die Phagon gar nicht so monströs, wie man es ihnen immer erzählt hatte.

»Ganz normal? Sieht man mal davon ab, daß einige der Computer und der anderen Gerätschaften hier allem Anschein nach immer noch arbeiten. Das erscheint mir eigentlich nicht mehr allzu normal«, stellte McKenna fest und deutete auf einige blinkende Lämpchen an einem Pult am anderen Ende des Raumes. Auch ein Monitor war dort eingeschaltet. Neugierig trat Dawleen näher und ließ sich auf den Stuhl vor dem Pult gleiten. Sie interessierte sich vor allem für das, was auf dem Bildschirm zu sehen war, auch wenn dies wenig spektakulär war. Die oberen zwei Drittel zeigten das Pult und den Bildschirm selbst noch einmal in einer verkleinerten Abbildung, so daß darauf der Monitor ein weiteres Mal, nur noch etwas kleiner zu sehen war – eine unendliche, immer winziger werdende Darstellung wie bei zwei einander gegenüberliegenden Spiegeln.

Im unteren Drittel des Bildschirms flimmerten Schriftzeichen der Phagon. Ein entsprechender Fremdsprachenkurs gehörte zum Standardprogramm ihrer Ausbildung, doch es dauerte ein paar Sekunden, bis Dawleen sich so weit zurechtfand, daß sie die Zeichen entziffern konnte. Sie hatte die Sprache der Phagon immer gehaßt.

Wie bei zwei einander gegenüberliegenden Spiegeln, lautete die obere Zeile.

Verdammtes Phagon, stand in der Zeile darunter.

Verwirrt blickte sich Dawleen zu McKenna und Delware um, und im gleichen Augenblick veränderte sich auch die bildliche Darstellung im oberen Teil des Monitors. Es war, als würde eine Kamera herumgeschwenkt, um auch weiterhin Dawleens Blickwinkel einzufangen.

Fassungslos starrte Dawleen zurück auf den Bildschirm, auf dem wieder die ineinander verschränkten Schirme zu sehen waren. Sie spürte, wie ihr das Blut aus dem Gesicht wich.

Was, zum Teufel, hat das zu bedeuten? fragte sie sich

Was, zum Teufel, hat das zu bedeuten? erschien eine weitere Zeile ganz unten auf dem Monitor, während die oberste aus dem Bild gescrollt wurde.

Das kann unmöglich sein, dachte Dawleen und merkte, wie Hysterie von ihr Besitz ergriff. Sie brauchte die letzte, neue Zeile auf dem Monitor nicht mehr zu lesen, wußte auch so, was dort geschrieben stand.

Das kann unmöglich sein.

Der Satz wurde wieder und wieder wiederholt, während er gleichzeitig auch in ihrem Kopf wie ein Endlosband ablief.

»Wahnsinn«, murmelte McKenna. »Das Ding . . . es fängt deine Gedanken auf.«

»Das ist mir unheimlich«, stieß Dawleen hervor. Sie sprang so abrupt auf, als wäre der Stuhl unter ihr plötzlich glühend heiß geworden. »Versuch du es mal. Komm einfach etwas näher an das Gerät herran.«

McKenna wurde um eine Spur blasser und wich instinktiv einen Schritt zurück.

»Ich, ähm . . .« Er schüttelte mit verkniffenem Gesicht den Kopf. »Lieber nicht. Das ist wirklich unheimlich. Nicht mein Fall.«

»Aber das ist eine ungeheuerliche Erfindung! Wir müssen unbedingt mehr darüber herausfinden. Wenn die Phagon über so etwas –«

Dawleen kam nicht dazu, weiter mit ihm darüber zu diskutieren, da in diesem Moment eine leichte Erschütterung den Boden zum Erbeben brachte. Das dumpfe Grollen einer Explosion drang an ihre Ohren.

»Die Yoyos« rief Delware von einem der anderen Pulte aus, wo nun ebenfalls mehrere Monitore flackernd zum Leben erwacht waren. »Sehr euch das hier an.«

Sie eilten zu ihm hinüber. Einer der Bildschirme zeigte den Eingang der Station. Zahlreiche Yoyodyne hielten sich dort auf. Sie hatten das tonnenschwere Tor bereits gesprengt und drangen nun in die Station selbst ein.

»Verdammter Mist!« fluchte Dawleen. »Ich hatte gehofft, hier hätten wir eine Weile Ruhe. Die Jungs sind schneller, als ich dachte.«

Aus Laserkanonen schlug den Yoyodyne automatisches Abwehrfeuer entgegen, ohne sie jedoch aufhalten zu können. Sie erlitten Verluste, doch es gelang ihnen, eine automatische Kanone nach der anderen zu zerstören und dabei langsam, aber beständig weiter vorzudringen.

»Wir müssen uns dringend etwas einfallen lassen«, stellte Delware fest. »In ein paar Minuten dürften sie die Zentrale erreichen, und dann möchte zumindest ich ganz gerne *nicht* mehr hier sein.«

»Das da scheint eine Art Übersichtsplan zu sein«, sagte Dawleen und deutete auf einen weiteren Monitor, auf dem ein skizzenhaftes Durcheinander von Strichen und Kreisen zu erkennen war. »Wenn ich mich nicht sehr täusche, dann müßte das da der Gang sein, durch den wir gekommen sind.«

Sie sahen sich die Darstellung auf dem Bildschirm genauer an – die beiden großen Gänge führten noch ein Stück von der Kreuzung weg und endeten dann in großen Höhlen. Es ließ sich nicht erkennen, ob diese künstlich waren oder ob die Phagon sie beim Bau der Station schon vorgefunden hatten. Jedenfalls schienen die Höhlen zur Anlage zu gehören und mit irgendwelchen

Maschinen angefüllt zu sein, auch wenn die fremdartigen Schriftzeichen auf dem Bildschirm keinen Aufschluß über ihren Zweck gaben.

»Das sehen wir uns mal näher an«, entschied Delware. »Wir müssen auf alle Fälle schnellstens von hier weg. Selbst wenn wir keinen weiteren Ausgang finden sollten, haben wir in den Höhlen eine größere Chance, uns zu verstecken. Sobald erst einmal der große Angriff losgeht, werden die Yoyos Besseres zu tun haben, als sich um uns zu kümmern. Spätestens dann können wir bestimmt türmen.«

Als sie die Zentrale verließen, warf Dawleen noch einen hastigen Blick zu dem Gerät zurück, das ihre Gedanken aufgefangen und sichtbar gemacht hatte. Selbst angesichts all der anderen fremdartigen Phagon-Technik um sie herum war dieser Computer ihr mit Abstand am unheimlichsten. Sie schwor sich, wenn es ihr irgendwie möglich war, zurückzukehren und das Geheimnis, das dahintersteckte, zu lösen. Doch im Augenblick gab es Dringlicheres. Mit einem Seufzer folgte sie ihren beiden Gefährten.

Synfile IX

»Ich glaube es einfach nicht«, murmelte McKenna. »Das ist ja das reinste Ungeheuer.«

Sie hatten die erste der beiden Höhlen in aller Hast durchsucht, aber bis auf etliche Kisten mit Laborgegenständen war sie leer gewesen – offensichtlich waren die Phagon beim Einrichten oder Verlassen der Station gestört worden und hatten einen beträchtlichen Teil ihres Equipments zurücklassen müssen. Vielleicht hatten sie auch vorgehabt, die Station bei ihrem Rückzug zu sprengen, aber entweder waren sie nicht mehr dazu gekommen, oder die Selbstzerstörungsautomatik hatte versagt.

Wesentlich interessanter war die zweite Höhle. Fassungslos starrten sie auf die gewaltige Maschine, die McKenna als *Ungeheuer* bezeichnet hatte.

»Ein Walker! Ein Mk III-Sunburst mit Plasmakanone, wenn ich mich nicht irre«, stieß Dawleen hervor. »Als wir die auf der Akademie durchgenommen haben, hast du wohl mal wieder geschlafen, wie?« Auch ihre Stimme klang beklommen, und trotz ihrer Stichelei war ihr ganz und gar nicht zum Scherzen zumute. Auch für sie war es das erste Mal, daß sie einem Walker direkt gegenüberstand, und es war ein gewaltiger Unterschied, Archivbilder einer solchen Kampfmaschine zu sehen oder sie aus unmittelbarer Nähe zu betrachten. Obwohl es deaktiviert war, sah das riesige Gefährt zum Fürchten aus.

»Wahnsinn«, keuchte Delware. »Das ist die Antwort auf all unsere Probleme. Wenn wir den zum Laufen kriegen, mischen wir die Yoyos auf!«

Vorsichtig gingen sie um das Gebilde herum, um es von allen Seiten zu betrachten. Der Walker bestand aus einer gut drei Meter langen Passagierzelle. Für den Fahrer oder den Kommandanten war dort ein spezieller Sitz angebracht. Rechts außen an der Passagierzelle war tatsächlich eine schwere Plasmakanone eingebaut, und auf der linken Seite war der benötigte Beschleuniger. Der Walker war darüber hinaus noch mit einem schweren Maschinennadler und einem Flamer ausgerüstet, die frontal unterhalb der Passagierzelle angebracht waren – eine gigantische Feuerkraft, besonders wenn der Gegner nicht mit ihr rechnete.

Das Merkwürdigste an dem Gefährt aber war die Art seiner Fortbewegung. Der Walker rollte, flog oder glitt nicht, sondern bewegte sich, wie der Name schon sagte, auf *Beinen* – zwei etwa fünf Meter lange Konstruktionen, die über mehrere Gelenke verfügten und nun unter der Passagierzelle eingeklappt waren. Der Pilotensitz war somit leicht zu erreichen, auch wenn das ganze Gefährt ein wenig aussah wie ein Kamel, das sich zur Ruhe begeben hatte.

Delware kletterte zur Passagierzelle hoch und musterte die Vielzahl von Schaltern und Anzeigen im Cockpit.

»Haben Sie eigentlich eine Ahnung, wie so ein Walker – äh, *gefahren* wird?« erkundigte sich McKenna skeptisch. Ihm schien ganz und gar nicht wohl bei dem Gedanken zu sein, sich der unheimlichen Maschine anzuvertrauen, aber was seine Frage betraf, so mußte Dawleen ihm recht geben. Jeder von ihnen war darin ausgebildet, die üblichen Fahrzeuge der Cybertechs zu steuern, aber das hier war etwas völlig anderes – eine Maschine, die sich auf

Beinen fortbewegte und einer völlig fremdartigen Kultur entstammte.

»Natürlich *nicht*«, gab Delware zurück. »Aber so schwer kann es eigentlich nicht sein – *laufen* konnte ich schon, bevor man mir das Fahren beigebracht hat.« Er drückte einige der Tasten am Bedienungsfeld, hatte aber keinerlei Erfolg.

Dawleen war neben die Passagierzelle getreten und betrachtete das Cockpit genauer. Delware saß nach vorne gebeugt auf dem Fahrersitz. Das schien jedoch nicht die richtige Haltung zu sein, um mit dem Gerät klarzukommen. Wenn man nach der Form des Sitzes ging, mußte der Fahrer oder Pilot des Walkers nahezu waagerecht *liegen*, wenn er die Maschine bediente.

»Sergeant, ich glaube, Sie sitzen falsch«, sagte Dawleen.

»Ach ja? Und was bringt dich zu der Vermutung?«

»Der ganze Sitz sieht aus wie eine Couch, und der Fahrer muß sich wahrscheinlich nach hinten legen, wenn das Gerät in Betrieb ist«, erklärte Dawleen. Sie wies auf die schrägliegende Rückenlehne. »Wenn Sie sich zurücklehnen, liegt Ihr Kopf ziemlich genau hier.« Sie deutete auf eine ovale Vertiefung am oberen Ende des Fahrersitzes, die anscheinend dafür gedacht war, den Kopf des Fahrers abzustützen. Die Vertiefung war aber nicht gepolstert wie der übrige Sitz, sondern verfügte über eine Anzahl unregelmäßig geformter Metallplatten, über deren Sinn sie nur spekulieren konnten.

Delware schnaubte.

»Mag ja sein, daß die Phagon das als bequem empfinden, aber ich kann gut darauf verzichten. Überleg dir lieber, wie man das Ding steuern könnte.«

»Genau davon spreche ich ja«, erwiderte Dawleen etwas gereizt. »Wenn ich mir das so ansehe, dann dürfte es so gut wie unmöglich sein, eine Maschine wie die hier mit einer solchen Spielzeugtastatur wie der da zu steuern.« Sie wies ungeduldig mit der Hand auf das Armaturenbrett. Sie hatten keine Zeit zu verlieren. Die Yoyodyne konnten sie jeden Augenblick aufspüren.

Irritiert starrte Delware sie an.

»Worauf willst du hinaus?«

»Wir haben die Steuerung per Kontrolltafel bei unseren Kampfmaschinen doch schon längst aufgegeben, und obwohl die Phagon nicht unser technisches Niveau haben, dürften auch sie soweit sein. Ich vermute, daß das da das Äquivalent der Phagon zu unseren Sensor-Helmen ist.«

Mißtrauisch beäugte Delware noch einmal die Vertiefung am Ende des Sitzes.

»Du könntest sogar recht haben«, räumte er ein. »Dann bleibt nur die Frage, ob das Ding auch auf unsere Gehirnwellenmuster reagiert. McKenna, du bist von uns der beste Pilot. Wenn einer mit dem Ding umgehen kann, dann du.«

McKenna wurde blaß.

»Aber . . . Sensor-Helme waren noch nie meine Stärke«, behauptete er. »Ich bin bei einer herkömmlichen Steuerung viel besser. Was Sensor-Helme betrifft . . .«

Er sprach nicht weiter, sondern sah Dawleen an. Sie seufzte.

»Ich habe einen Zusatzkurs für die Schulung mit Sensor-Helmen belegt«, gab sie zu. »Zwar reiße ich mich nicht gerade um diesen Job, aber gut, ich versuche es.«

»In Ordnung.« Delware kletterte wieder vom Fahrersitz und bedeutete Dawleen mit einer einladenden Handbewegung, Platz zu nehmen. Dawleen nahm ihren Helm ab und setzte sich. Sie zögerte einen Moment und lehnte sich dann langsam zurück, während McKenna und Delware sie mit erwartungsvollem Gesicht anstarrten. Ihr

Kopf hatte kaum die Metallplatten in der Vertiefung berührt, als an der Kontrolltafel mehrere Lämpchen aufglühten. Im ersten Moment erschrak sie, doch sofort hatte sie sich wieder unter Kontrolle. Sie blickte auf die Anzeigentafeln vor ihr, während der Antrieb des Walkers mit einem dumpfen Brummen zum Leben erwachte.

So weit, so gut, sagte sie sich, während das Brummen sich langsam zu einem hellen Pfeifen steigerte und dann plötzlich gar nicht mehr zu hören war. Eine der vielen Anzeigen vor ihr wechselte von rot auf grün.

Dawleen fragte sich, wie sie es anstellen mußte, die Maschine zum Laufen zu bringen, als der Walker abrupt aufstand und Delware und McKenna zur Seite geworfen wurden. Sie hatten ebenfalls nicht mit der plötzlichen Bewegung gerechnet.

Dawleen blickte nach oben und bemerkte die sich rasend schnell nähernde Decke der Höhle, gegen die der Walker sie zu katapultieren drohte. Sie mußte die Maschine irgendwie stoppen – und noch bevor sie den Gedanken richtig formuliert hatte, hielt der Walker bereits in der Bewegung inne.

»Es funktioniert!« rief sie. »Und sogar um einiges besser als unsere Sensor-Helme. Von der Technik können wir uns noch eine Scheibe abschneiden. Das Ding setzt jeden meiner Steuergedanken augenblicklich um.«

»Dann sei bloß vorsichtig!« erwiderte Delware. »Es fehlte uns noch, daß du den Walker aus purem Versehen gegen eine Wand rennen läßt.«

Runter! dachte Dawleen. Der Walker senkte sich langsam ab, und die Passagierzelle kam wieder über den eingeklappten Beinen dicht über dem Boden zum Stillstand.

»Worauf wartet ihr noch?« rief sie. »Steigt schon endlich ein.«

»Also los, zeigen wir es ihnen!« brummte McKenna in seinem breiten Akzent. Er saß eingeengt neben Dawleen auf dem Beschleuniger der Plasmakanone, da die Pilotenliege des Walkers nur Platz für einen bot. Delware hatte es ihm gleichgetan und sich zwischen die Passagierzelle und die Plasmakanone auf der rechten Seite des Walkers gezwängt, wo er jetzt in luftiger Höhe auf und ab schaukelte.

Es war Dawleen nicht gelungen, das große Schott in einer Seitenwand der Höhle zu öffnen, aber dafür hatte ihr dies eine günstige Möglichkeit verschafft, die Feuerkraft des Walkers zu ergründen, und sie war von dem Ergebnis selbst positiv überrascht gewesen. Bereits mit einer einzigen Salve hatte sie das schwere Panzerschott restlos zerstört.

Wie weit die Yoyodyne mittlerweile in die Station eingedrungen waren, wußten sie nicht. Zumindest waren sie noch nicht bis zu ihnen vorgedrungen. Die automatischen Abwehrwaffen der Phagon schienen doch effektiver zu sein, als es zunächst den Anschein gehabt hatte. Um so erleichterter war Dawleen auch noch im nachhinein darüber, daß ihre Gruppe sich nicht damit hatte herumschlagen müssen.

Zwar wußte sie immer noch nicht, welchem glücklichen Umstand sie es zu verdanken hatten, daß sie als zutrittsbefugt eingestuft worden waren, aber es war höchstwahrscheinlich der einzige Grund, aus dem sie noch am Leben waren.

Seit sie sich mit dem Walker vertraut gemacht hatte, war Dawleens Respekt vor den Phagon ohnehin um einiges gestiegen.

Was immer man der teils rückständigen Technologie der Phagon nachsagen konnte, der Walker war eine außerordentlich ausgereifte Konstruktion, vergleichbaren Entwicklungen der Cybertechs durchaus ebenbürtig.

In einem großen Bogen umrundete Dawleen den Teil des Berges, in dem die Station verborgen war, zur Hälfte, so daß sie schließlich wieder auf die Straße stieß und sich erneut dem Haupteingang näherte. Beide Luftkissenplattformen, mit denen die Yoyodyne angerückt waren, schwebten ein Stück davor, und beide waren mit schweren Geschützen ausgestattet, aber offenbar befand sich nur noch eine Notbesatzung auf ihnen, da alle anderen Yoyos in die Station eingedrungen waren.

Bislang hatte noch niemand den Walker bemerkt. Dawleen senkte die Passagierzelle ein Stück ab, bis Delware und McKenna von dem Walker herabgleiten und zu Boden springen konnten. »Fahr den Schutzschirm hoch und zeig's ihnen!« rief Delware und grinste ihr kurz zu, ehe er genau wie McKenna hinter einem Felsen Deckung suchte.

Dawleen schaltete den Prallschirm des Walkers ein und setzte die Maschine wieder in Bewegung. Die Passagierzelle ließ sie dabei abgesenkt, um bis zur letzten Kurve zunächst noch im Sichtschutz der Felsen am Rand der Straße zu bleiben.

Zwei Luftkissenplattformen, die über weitreichende Bewaffnung verfügten, waren selbst für den Walker eine harte Nuß. Offensichtlich hatten die Besatzungen sie aber noch nicht bemerkt, denn die Geschütztürme waren auf den Eingang der Station gerichtet, als erwarteten die Yoyos, daß von dort plötzlich Angreifer auftauchen würden. Das konnte ihre Chance sein – sie mußte versuchen, eine der Plattformen auszuschalten, bevor diese reagieren konnte.

Der Walker näherte sich der Biegung. So, wie sie selbst für die Besatzungen der beiden Plattformen unsichtbar war, konnte auch Dawleen nicht sehen, was hinter der

Kurve geschah, solange sie den Walker derart tief gebückt vorwärtsschleichen ließ.

Ihr Hand wanderte langsam zum Auslöser der Plasmakanone.

Die Waffe war bei Entfernungen von weniger als fünfundzwanzig Metern am wirksamsten. Einen Schritt, bevor sie die Biegung der Straße erreichte, ließ Dawleen den Walker sich zu voller Höhe aufrichten.

Als die gewaltige Maschine auf dem Hügelkamm auftauchte, waren die beiden Plattformen nur wenige Meter entfernt, und wie erhofft brauchten ihre Besatzungen einen Moment, um ihre Überraschung zu überwinden – einen Moment, der für eine der Plattformen den Untergang bedeutete, denn die Plasmakanone des Walkers röhrte auf und traf den Geschützturm auf kürzeste Entfernung. Das Fahrzeug begann zu trudeln und schlug dann brennend auf dem Erdboden auf.

Dawleen drehte den Walker ein Stück nach links, um die zweite Plattform ins Visier zu bekommen, aber deren Pilot startete bereits durch. Die Plattform schoß mit größtmöglicher Beschleunigung rückwärts, geradewegs auf den Walker zu. Ein Luftkissenfahrzeug bewegt sich nur ein Stück über dem Boden und ist daher auf halbwegs ebenen Untergrund angewiesen. Deshalb konnte die Plattform die Straße inmitten der zerklüfteten Felslandschaft nicht verlassen. Sie raste kaum einen halben Meter entfernt an dem Walker vorbei, und gleich darauf eröffnete sie das Feuer, wozu der Geschützturm nicht einmal gedreht werden mußte, da sich das Fahrzeug immer noch rückwärts bewegte.

Das Geschoß durchschlug den Schutzschirm und traf das linke Bein des Walkers. Der Treffer war bis in die Passagierzelle zu spüren. Dawleen wurde in der Pilotenliege hin- und hergeschüttelt und hatte für einen Moment den

Eindruck, der Walker würde unter der Wucht des Geschosses nach hinten kippen. Aber die Maschine blieb stehen.

Auf der Schadensanzeige erkannte sie, daß ein Gyro-Mobilisator ausgefallen war – noch konnte sie mit dem Gerät laufen, aber der Walker war bedeutend weniger manövrierfähig geworden.

Erst kurz bevor die Plattform außer Schußweite geriet, gelang es Dawleen, den Walker umzudrehen und ein weiteres Mal zu feuern. Das Luftkissenfahrzeug wurde kräftig durchgeschüttelt und drohte gegen die Felsen geschleudert zu werden, doch der Pilot schaffte es, das Gefährt abzufangen. Rauchschwaden drangen aus dem Geschützturm.

Die Plattform war verteidigungsunfahig, ließ sich aber noch manövrieren.

Die Freude über den vermeintlichen Sieg verging Dawleen jedoch, als das Fahrzeug auf sie zu beschleunigte und sie begriff, was der Pilot vorhatte.

Er wollte sie rammen! Dawleen fluchte. Der verdammte Ehrenkodex schrieb den Yoyodyne vor, eher in einen sinnlosen Tod zu gehen, als in einer ausweglosen Situation einfach aufzugeben, und nun waren sie und ihr Walker Ziel eines solchen Kamikaze-Angriffs. Mit dem beschädigten Walker hatte sie keine Chance, auszuweichen, also blieb nur eines – stehenbleiben und feuern.

Dawleen hieb auf den Auslöser der Plasmakanone und hielt ihn gedrückt.

Die Kanone röhrte auf, und innerhalb weniger Sekunden stieg die Hitze in der Passagierzelle unerträglich an. Der Strahl feurigen Gases nahm ihr die Sicht, und sie konnte nur beten, die Plattform zu er-wischen, bevor diese sie traf.

Durch den Feuerstrahl vor dem Walker und die Schwaden erhitzter Luft hindurch kam die Plattform wieder in Sicht. Sie mußte das Gefährt erneut getroffen haben, denn es brannte wesentlich stärker, was es aber offensichtlich nicht daran hinderte, weiter mit unverminderter Geschwindigkeit auf sie zuzurasen. Dawleen versuchte, mit dem Walker einen Schritt zur Seite zu gehen, ohne das Feuer auf die Plattform zu unterbrechen.

Der Walker war zu langsam – sie würde es nicht schaffen! Dawleen nahm die Hand von der Steuerung der Plasmakanone und riß ihren Sicherungsgurt los. Als die Plattform keine dreißig Meter vom Walker entfernt wie ein großer Feuerball auf dem Boden aufschlug, ließ sie sich aus der Pilotenliege fallen. Sie schlug mit der rechten Schulter auf dem Boden auf und rollte sich mit schmerzverzerrtem Gesicht zur Seite ab.

Während sie strauchelnd auf die Beine kam, sah sie, wie die brennenden, tonnenschweren Überreste der Plattform über den Straßenbelag auf den Walker zuschleuderten, von der Geschwindigkeit, die das Fahrzeug vor dem Aufprall gehabt hatte, vorwärts getrieben.

Dawleen rannte um ihr Leben. Sie wußte nicht, wo sich Delware und McKenna befanden, hatte keine Zeit, sich nach ihnen umzusehen.

Als sie gerade zehn Meter vom Walker entfernt war, hatten die Überreste der Plattform die Beine des Walkers erreicht. Die Kniegelenke des ›Sunburst‹ knickten nach hinten wie zwei zerbrochene Streichhölzer, und die Passagierzelle neigte sich zuerst langsam, dann immer schneller werdend nach vorn auf die brennende Plattform zu. Als sie das Wrack erreichte, warf sich Dawleen mit einem Hechtsprung hinter einem Felsen zu Boden und riß die Arme über den Kopf, während beide Maschinen in einer Explosion vergingen und ihre Trümmer in weitem Umkreis verstreuten.

Das letzte, was Dawleen sah, bevor sie das Bewußtsein verlor, waren die Yoyodyne, die vom Kampflärm angelockt die Station wieder verließen und mit drohend erhobenen Waffen auf sie zugerannt kamen.

ENDE

Band 23 144

Wolfgang Hohlbein

Hadrians Mond

Deutsche Erstveröffentlichung

Einst war Cedric Cyper ein kühner, verwegener Raumfahrer. Doch dann wurde er verhaftet und kam auf Hadrians Mond, eine Sträflingskolonie, die noch nie jemand lebend verlassen hat. Cedric weiß nicht, wer hinter seiner Verhaftung steckt, aber er weiß, er wird fliehen und seine Rache nehmen. Also versucht er das Unmögliche: Mit einem Getreuen wagt er die Flucht – und stößt auf eine Verschwörung, die solch galaktische Ausmaße hat, daß selbst einem Helden wie ihm angst und bange wird.

Der Auftakt zu einer neuen großen Science-Fiction-Saga von WOLFGANG HOHLBEIN. Entstanden ist dieses ungewöhnliche Projekt nach einem aufregenden Action-Spiel.

BASTEI LÜBBE

Sie erhalten diesen Band im Buchhandel, bei Ihrem Zeitschriftenhändler sowie im Bahnhofsbuchhandel.